weimarer verlagsgesellschaft

Christiane Vulpius

Leben Sie recht lieb. In Eile.

Briefe von Goethes Geliebter und Ehefrau

Herausgegeben von Katharina Maier

weimarer verlagsgesellschaft

INHALT

Kapitel 6

Anhang

EINLEITUNG

***„Und um vergnügt zu werden, muß ich an Schatz schreiben" –* Christiane Vulpius in ihren Briefen an Goethe**

von Katharina Maier

„In meiner Kindheit wohnte sie neben uns und war ein sehr hübsches, freundliches, fleißiges Mädchen; aus ihrem apfelrunden, frischen Gesicht blickten ein paar brennend schwarze Augen, ihr etwas aufgeworfener Mund zeigte, da sie gern lachte, eine Reihe schöner weißer Zähne, und dunkelbraune Locken fielen ihr um Stirn und Nacken." Die Rede ist von Christiane Vulpius, spätere von Goethe. Die Beschreibung stammt von Karoline Jagemann (Jagemann, S. 96), gefeierte Schauspielerin am Weimarer Hoftheater und ebenso wie Christiane Geliebte eines der wichtigsten Männer des kleinen Fürstentums Sachsen-Weimar-Eisenach um die Wende des 18. auf das 19. Jahrhundert. In Karolines Fall handelt es sich um Herzog Carl August, in Christianes um dessen Minister und Herzensfreund Johann Wolfgang von Goethe, der von ganz Europa als Dichterfürst gefeiert wird.

Christiane Vulpius, geboren am 1. Juni 1765, wächst als die Tochter eines ehrbaren, aber schlecht bezahlten Amtsarchivars auf. Als sie 17 Jahre alt ist, verliert Johann Friedrich Vulpius durch ein wohl unwissentlich begangenes Amtsvergehen viel von seiner Ehrbarkeit – und seine Stelle. Die Familie, bestehend aus Vater, Töchtern aus erster und zweiter Ehe und einer unverheirateten Tante, steht ohne Ernährer da; der älteste Sohn Christian August studiert in Jena und hat sich der meist brotlosen Kunst eines Theaterdichters verschrieben. Und so macht Christiane einen Schritt, der für Töchter der Mittelschicht – egal, wie knapp das Geld auch sein mag – eigentlich nicht üblich ist, ja, sich nicht einmal unbedingt ziemt: Sie nimmt eine Stelle in der Kunstblumenfabrik von Friedrich Justin Bertuch an, die von dessen Frau und Schwägerin nicht zuletzt zu dem Zweck gegründet wurde, jungen Frauen eine Verdienstmöglichkeit zu schaffen. *„Fleiß ist gefordert. Geschick. Sorgsamster Umgang mit dem Material“*, betont Christianes Biografin Sigrid Damm den kunsthandwerklichen Charakter des Berufs der Putzmacherin, deren Erzeugnisse die Hüte, Kleider und Dekorationsgegenstände feiner Damen zieren (Damm, S. 76).

Der von Italien zurückgekehrte Goethe trifft 1788 im Park an der Ilm also kein ‚armes Blumenmädchen‘, wie es manchmal dargestellt wird. Er begegnet vielmehr einer jungen, berufstätigen Frau, die *„ihren pensionierten Vater und eine alte Tante durch ihre Geschicklichkeit im Verfertigen künstlicher Blumen* [ernährt]*“*, wie Karoline Jagemann berichtet (S. 96). Und er begegnet wohl auch einer Frau, die weiß, wie es ist, sich über gesellschaftliche Erwartungen hinwegzusetzen. *„Sicherlich gibt es auch Vorurteile gegen die Mädchen bei Bertuch. Man sieht die weiblichen Tugenden in Gefahr, die Mädchen würden für die Ehe untauglich, würden der häuslichen Verrichtungen entwöhnt“*, erklärt Damm (S. 78). Vielleicht ist es Christiane also schon lange vor Beginn ihrer Liebschaft mit Goethe gewohnt, schief angesehen zu werden und sich davon nicht in ihrem Tun behelligen zu lassen. *„In allem Übrigen ließ sie sich nicht anfechten und verharrte unwandelbar bei ihrer Sitte und ihrem Treiben“*, erinnert sich der Humorist O. L. B. Wolff an Christiane (Gespr. II, S. 366). Er legt Goethe außerdem eine viel zitierte Aussage über seine Frau in den Mund: *„Das gefällt mir eben an ihr, daß sie nichts von ihrem Wesen aufgibt, und bleibt, wie sie war.“* (Gespr. II, S. 367) Vielleicht hat Goethe das auch tatsächlich so gesagt; dann spricht aus der Wortwahl des Nicht-Aufgebens eine gutes Maß an Bewunderung für Christianes Unbeugsamkeit.

Als Geliebte des berühmten Johann Wolfgang von Goethe wird die junge Frau zum Mittelpunkt von Klatsch und Ungunst – und sie bleibt es ihr Leben lang. Von der *„Enge der Weimarischen Verhältnisse und Menschen“* spricht Hans Gerhard Gräf, der Herausgeber von Christianes Briefen, in Bezug auf die mit 6.000 Einwohnern sehr kleine Residenzstadt (Gräf E, S. XVII). Es herrscht eine bornierte Doppelmoral, die eine intelligente Frau wie Charlotte von Stein dazu bringt, auf der einen Seite ungerührt davon zu berichten, dass *„Mlle. Jagemann*

[…] *die fürstliche Familie wieder mit einem Töchterchen vermehrt*" hat und auf der anderen Seite die Beziehung Goethes zu Christiane Vulpius als *„dummes häusliches Verhältnis"* abzutun (Zobeltitz, S. 84; Gespr. I, S. 653). *„Das Kreatürchen"*, nennt sie Christiane oder auch *„seine Demoiselle"*, die sich alle Tage betrinke, dabei aber rund und fett werde (Zobeltitz, S. 74). *„Dicke Hälfte"* ist noch die freundlichste Umschreibung, die Charlotte von Schiller für Goethes Frau einfällt, und selbst Herzog Carl August soll sich einmal beschwert haben, die Vulpius hätte alles verdorben (Kleßmann, S. 56).

Was ist Weimars Problem mit Christiane? Eine Geliebte hat so mancher, und auch wenn vorehelicher Beischlaf eigentlich gesetzlich verboten ist, schert sich kaum jemand darum. Doch Goethe holt Christiane Vulpius schon bald zu sich ins Haus. Er will sich mit ihr ein Leben aufbauen – aber er will sie nicht heiraten. Goethe sperrt sich gegen ein Gesetz, dessen Sinn er nicht einsieht, das eine Doppelmoral begünstigt, die ihn abstößt, und das ihm seine Freiheit beschneidet. Sein Fauxpas in den Augen der Weimarer und anderer Zeitgenossen ist also nicht so sehr die Liebschaft mit der unstandesgemäßen Frau, sondern dass er zu ihr steht, dass er sie nicht nur in seinem Bett haben will, sondern auch in seinem Leben – nur eben ohne Trauschein.

Goethe will alles, und die Weimarer gönnen Christiane Vulpius nichts. Ganz ungeschoren kommen beide nicht davon. Goethe muss mit seiner Geliebten und seinem unehelichen Sohn in die sogenannten Jägerhäuser vor den Toren der Stadt ziehen, um das Feingefühl der Hofdamen nicht allzu sehr zu verletzen. Es ist ein Stück harter Verhandlungsarbeit, Herzog Carl August wieder auf seine Seite zu bringen und sich das berühmte Haus am Frauenplan zu sichern. Erst 1792 kann er dort mit seinem Haushalt einziehen. Goethe hat gesiegt, und die feine Gesellschaft muss die Anwesenheit von Christiane Vulpius in seinem Leben und in der Stadt akzeptieren. Insgesamt 28 Jahre lang, vom Tag der ersten Begegnung bis zu ihrem Tod am 6. Juni 1816, leben die beiden zusammen, 18 davon in wilder Ehe. Am 19. Oktober 1806 heiraten sie und *„seine täglichen Haus- und Geschäftsfreunde waren nicht wenig überrascht, als er ihnen seine Gattin mit den Worten vorstellte:*

Porträt von Christiane von Goethe (1765–1816),
Gemälde von Caroline Bardua, 1806

‚Sie ist immer meine Frau gewesen'." (W. Ludecus, in: Begeg. VI, S. 162)

Christiane Vulpius ist bodenständig und sinnlich, arbeitet hart, isst, trinkt und tanzt gern, liebt Goethe über alles, teilt aber außer dem Botanischen, dem Kulinarischen und dem Theater seine Interessen nicht, ist humorvoll, laut, drall, lebenslustig, hält sich nicht zurück. Sie wisse sich nicht zu benehmen, kritisieren die Weimarer und andere Mitglieder der feinen Gesellschaft. Sie sei ungebildet, dumm, verfressen, vergnügungssüchtig, eine Trinkerin, „*gemein*" von Gestalt und Geist. Und so etwas soll das Recht haben, Goethes Leben zu teilen? Das hat man sich anders vorgestellt. Man wünscht sich ein vergeistigtes, kultiviertes Geschöpf an Goethes Seite, wenn man überhaupt einer Frau diesen Platz gönnt. Aber sicher nicht die vulgäre „*Vulpia*". „*Es artikuliert sich ein Verdruß darüber, daß Goethe vorher niemanden gefragt hat, wen er lieben und mit wem er zusammenleben möchte*", bringt Eckart Kleßmann die Situation in seinem Essay über Christiane Vulpius auf den Punkt (Kleßmann, S. 172).

Den kritischen bis gehässigen Zeitgenossen gegenüber stehen gutgesinnte Stimmen, vor allem von Freunden und Verwandten. Als Christiane nach dem Tod ihrer Schwiegermutter 1808 als Nachlassverwalterin nach Frankfurt fährt, schreibt Henriette Schlosser, Tochter von Goethes Schwager aus zweiter Ehe: „*Sie, die Göthe, haben wir auch alle herzlich gerne,* [...] *sie betrug sich liberal u. schön bei der Theilung* [des Erbes], *bei der sie sich doch gewiß verrathen hätte, wenn Unreines in ihr wäre. Es freut uns alle sie zu kennen, um über sie nach Verdienst zu urtheilen, u. sie bei andern vertheidigen zu können, da ihr unerhört viel Unrecht geschieht.*" (Fahlmer, S. 142f.) Und der Schauspieler Eduard Genast weiß sogar zu berichten: „*Frau von Goethe war sehr lebenslustig, aber dabei voll Güte und Liebenswürdigkeit; wo sie jemand eine Freude machen oder Hülfe leisten konnte, geschah es mit Wohlwollen und Uneigennützigkeit. Sie liebte es, junge Leute um sich zu haben, und nahm öfters teil an deren mutwilligen, heiteren Spielen.* [...] *Bei aller Vergnügungslust war sie jedoch eine der trefflichsten Hausfrauen und die aufmerksamste Gattin, die es geben konnte.*" (Gespr. II, S. 1200f.)

Wie auch immer Christianes Lebenslust, Lebendigkeit und Erdhaftigkeit gedeutet werden – ob missgünstig, hämisch, wohlwollend, fast verklärend oder neutral – eine langweilige Person war sie auf alle Fälle nicht. Caroline von Wolzogen, die Schwester von Christianes wohl größter Kritikerin Charlotte von Schiller, stellte einmal augenzwinkernd fest, *„daß sehr viele von jeher aufs rechtmäßigste verheiratete Damen um kein Haarbreit amüsanter sind“* (Gespr. II, S. 392). Und tatsächlich tritt uns in den Briefen, die Christiane Vulpius an Johann Wolfgang von Goethe schreibt, eine Frau voller Schalk und Humor entgegen, die mal keck, mal kokett mit ihrem Schatz flirtet, sich an blühenden Bäumen genauso erfreut wie an einem Collier aus Edelsteinen, für ihre Freunde eintritt, rund um die Uhr wäscht, putzt, kocht und organisiert, leidenschaftlich gern zum Tanzen und ins Theater geht, sich die Welt mit Mutterwitz und gesundem Menschenverstand ansieht und in ihrer ganz eigenen Sprache darüber sinniert.

Man kann sagen: Christiane Vulpius schreibt wie ihr der Schnabel gewachsen ist. Anja Stehfest, die für ihre sprachgeschichtliche Dissertation deren Originalbriefe übertragen und im Detail analysiert hat, schreibt über die informellen Privatbriefe dieser Zeit im Allgemeinen: *„Sie weisen ein Neben- und Miteinander von spontan-sprechsprachlichen und konventionell-schriftsprachlichen Elementen auf. Es ist folglich von einer vielfältigen Wechselbeziehung von Mündlichkeit und Schriftlichkeit auszugehen.“* (Stehfest, S. 270) Auf Christiane Vulpius' Briefe an Goethe, den Schriftstücken an den geliebten Mann, in denen sie sich ganz ungezwungen geben kann, trifft das wohl in besonderem Maße zu. *„Sich mit Schatz unterhalten“*, nennt sie selbst das Schreiben an den Abwesenden. Die ‚laute' Christiane, die so gern plaudert und lacht, nutzt das Schreiben als Ersatz für die tiefen Gespräche, die der Kitt der Beziehung sind. Dialektnahe Worte wie *„freulig“* (freilich), *„freidig“* (freudig) und *„dar nüber“* mischen sich mit Schrift- und Bildungssprache: *„Daß es mit dem Roman nicht gehen will ist ja kurgoss.“* ‚Kurios' meint sie mit dem Letzteren. Die Schreibung von Fremdwörtern, die Christiane im Alltag kaum je auf einem Blatt Papier gesehen haben dürfte, scheint sie nach dem Pi-mal-Daumen-Prinzip in Angriff zu nehmen, gemischt mit einem ordentlichen Maß an Kreativität. Dabei kommt es zu Wortkunstwerken wie der berühmtgewordenen *„Biebeldäck"* (Bibliothek) und dem *„Mußig kus"* (Musikus), wohingegen ihr Worte wie *„Sardellen Salat"* und *„curierte"* (nach der damaligen Schreibung) fast perfekt geraten.

Nun muss man ausdrücklich sagen, dass es zu Christianes Zeit noch keine normierte Schriftsprache gab. Die ‚Rechtschreibung' wurde erst viel später verbindlich festgelegt. Dazu kommt die spezielle Situation des Briefe-Verfassens, die Goethe selbst sehr schön umschreibt: *„Denn weil die Feder nicht so geschwind läuft als ich denke, so schreibe ich oft den Schlussbuchstaben des folgenden Wortes, ehe das erste noch zu Ende ist* [...]*; Ein Wort schreibe ich mit dreyerley Orthographie, und was die Unarten alle seyn mögen, deren ich mich recht wohl bewusst bin und gegen die ich auch nur im äußersten Notfall zu kämpfen mich überwinde."* (Gräf E, S. XXVII) – Diese Zeilen wirken wie für Christiane Vulpius verfasst. Wenn man ihre Briefe im handschriftlichen Original liest, wird augenscheinlich, dass sie zuweilen wirklich mit den Worten kämpfen muss: Vom *„Ithalinner"* (Italiener) schreibt sie in einem Brief aus Bad Lauchstädt, nur um dann wenige Zeilen später bei erneuter Verwendung des Wortes die Anfangssilbe *„Ita"* durchzustreichen und in *„Idalyenner"* zu verbessern.

Dazu kommt die Schreibsituation Christianes. Oft greift sie nach einem langen Tag harter Hausarbeit zur Feder oder auch nach einer durchtanzten Nacht. *„In Eile will ich Dir nur schreiben, daß Du mir mit dem Rehekeulichen eine rechte Freude gemacht hast. Mir haben seit Montag gewaschen und getrocknet und heute bügeln mir, und die Stähle glühen, da kann ich Dir nicht mehr schreiben. Leb wohl und behalte Deinen Haus-Schatz lieb"*, notiert sie etwa am 28. Mai 1798. *„Hase in Eile"*, unterzeichnet sie einen anderen Brief. Christiane ist eine Frau, die unentwegt auf den Beinen ist, *„schon das zum Schreiben unerlässliche Stillsitzen ist eine wahre Folter für sie"*, vermutet Gräf (E, S. XXVII). Kein Wunder, dass nicht nur ihre Orthografie, sondern auch ihre Handschrift sehr eigenwillig gerät. Dazu Anja Stehfest: *„Neben Briefen* [...]*, die sehr akkurat und mit spitzer Feder, nahezu elegant geschrieben sind, finden sich solche, die von großer*

Flüchtigkeit zeugen. […] *Die für das 18. Jahrhundert vielfach noch typische Anwendung von Schnörkeln ist nicht zu finden; ihre Schriftzüge wirken daher schmucklos.*" (S. 279)

Dies erscheint mir bezeichnend für Christiane. Sie hat kaum Zeit, sich hinzusetzen und einen Brief zu verfassen; für Schnörkel erst recht nicht. Mehr noch, fast scheint sie mir ihre eigene Art von ‚Steno' zu entwickeln: Wortendungen lässt sie häufig weg, Buchstaben vereinfacht sie oder zieht sie zusammen. Der Empfänger – und dies ist ja immer der geliebte Mann, vor dem sie sich nicht verstellen muss – wird schon wissen, was gemeint ist. Christiane ist eher für Effizienz als für Korrektheit. Hat sie andere Briefpartner, ist sie durchaus befangener, etwa, wenn es um einen Brief an Goethes Mutter geht: „*Lieber Schaß,* […] *Wen du diesen brif der lieben Frau Rähtdin giebs, so entschuldige mich Ja wegen meines schreibens ich bin Recht bösse auf mich sebbst, dast ich auch Jahr nichts kann.*" (Brief vom 13. August 1797, Transkription von Anja Stehfest, S. 275)

Christiane ist keine geborene Schreiberin; allein der mechanische Akt fällt ihr schwer. Und trotzdem umfasst der erhaltene Briefwechsel zwischen Christiane Vulpius und Johann Wolfgang von Goethe 601 Briefe, 247 davon von ihr. Viele weitere liegen uns gar nicht vor, da Goethe immer wieder Teile seiner Privatkorrespondenz in sogenannten Autodafés verbrannte. Die schiere Menge an Briefen, die Christiane an ihren Schatz schrieb, obwohl der Umgang mit der Feder ihr zuweilen ein Graus war, ist in meinen Augen ein größerer Liebesbeweis als alle Worte. Auch Stehfest erklärt: „*Dementsprechend sind die Schreibanlässe Christianes ganz andere als jene zahlreicher bildungsbürgerlicher Schreiberinnen im Jahrhundert der Briefe. Nicht das Bildungsbedürfnis der Frau stand im Zentrum, sondern das Kontakthalten und die Sehnsucht nach dem Partner.*" (S. 286) Und so macht sich Christiane oft jeden Tag an die harte Arbeit, einen Brief zu verfassen.

Was würde ich heute lesen, wenn ich einen dieser Briefe von Christiane Vulpius bekommen würde? Einen Ausschnitt aus einem schönen Brief vom 26. Mai 1797 möchte ich in meiner Lesart wiedergeben:

Freidag des abends um 6 Uhr.
Lieber
ich habe heude abend grosse lust dir noch ein bahr worde zu schreiben. vors Erste daß ich heude deine fenster fohr hänge gewasch[Platzmangel] und gedromet habe und alls was noch sonsten schutzing [?] wahrt, die grün stühle, die schwarzen ausgebußert habe und daß ich nach aller der vielen arbeit noch sehr lustig bin und mir alleweile mein Schaß wünsche.

Da du nun aber nicht da bist, so muß ich mich schriftlich underhalten. […] Aus lauder hasigkeid möchte ich, wenn es nur einiger massen angin[Platzmangel] ein wägelichgen nehmen und mit dem Pübegen zu dir fahren, damit ich nur recht vergnügt seyn könde. Da es aber nicht geht, so will ich sehen, ob ich nicht Irgem Jemant finde, der mit mir Im Garden herum Springt. (GSA 28/275–276; GSA 25/XIII,7)

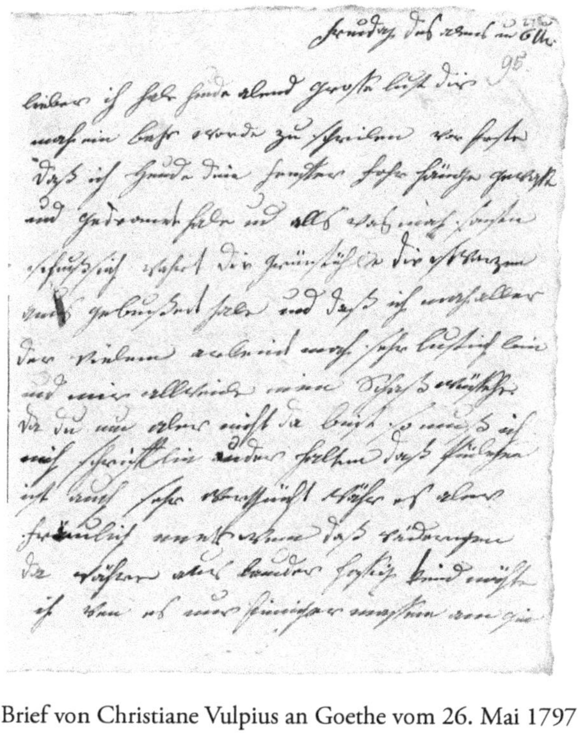

Brief von Christiane Vulpius an Goethe vom 26. Mai 1797

Christiane Vulpius im Stil der Juno,
Zeichnung von Johann Wolfgang von Goethe, 1788

Unbestreitbar ist, dass sich Christiane besonders *„wildwüchsiger Orthographie"* befleißigt, auch für ihre eigene Zeit. Hans Gerhard Gräf, der den Briefwechsel zwischen Goethe und Christiane Vulpius 1916 herausgab, entschloss sich deshalb dazu, diese Briefe nicht buchstabengetreu wiederzugeben, denn dadurch *„würde eine Nebensache in ganz ungerechter Weise betont worden sein. Man darf wohl sagen: Der Stil ist der Mensch, aber nicht: Die Orthographie ist der Mensch."* (Gräf V, S. X) Auch in diesem Band sind Christianes Briefe in der von Gräf nach eigenem Ermessen, aber sehr gewissenhaft angepassten Version zu lesen, um, wie Gräf schreibt, nicht vom eigentlichen Zweck abzulenken. Die vorliegende Sammlung aussagekräftiger Auszüge aus den Briefen von Christiane Vulpius/Goethe will ein Fenster aufmachen in das Leben dieser Frau, der die Geschichte eine ganz eigene Position zugewiesen hat.

Uns begegnet hier eine Frau, die einen großen Haushalt mit viel Aplomb managt, die sich für ihre Familie zerreißen lassen würde, die Freude an einfachen Dingen und an Luxus gleichermaßen hat. Wir treffen eine kluge Menschenkennerin, die die Welt um sich herum in scharfem Blick hat. Und wir lesen die Zeilen einer Sprachkünstlerin, die vielleicht nicht in der Schriftlichkeit zu Hause ist, die aber humorvoll und kreativ mit Worten umzugehen weiß. Wortneuschöpfungen, Anspielungen, witzige Formulierungen, kokette Flirts, kleine Sticheleien, poetische Sprachbilder – all das findet sich im Repertoire dieser Briefeschreiberin wider Willen, die für den geliebten Mann zur Feder greift und ihre ganz eigene Art findet, sich auszudrücken.

KAPITEL 1

Beziehungskisten – Liebe und Familie

„Adieu, lieber Engel, ich bin ganz Dein."
(Goethe an Christiane Vulpius, 25. August 1792)

Am 12. Juli 1788 trifft der vor Kurzem aus Italien zurückgekehrte Minister und Dichter Johann Wolfgang von Goethe im Weimarer Park an der Ilm eine junge Frau aus der kleinen Residenzstadt. Die 23-Jährige übergibt dem berühmten Mann ein Bittgesuch, ihrem Bruder, einem vielgelesenen, aber mittellosen Schriftsteller, Unterstützung zu gewähren. Ihr Name ist Johanna Christiana Sophia Vulpius.

Selbst nach ihrer offiziellen Eheschließung feiern Christiane und Johann Wolfgang den 12. Juli als ihren eigentlichen Hochzeitstag; so schreibt sie im Jahr 1810 an ihren in Karlsbad weilenden Mann: *„Bedenke aber auch den 12. Juli, da wollen wir Deine Gesundheit trinken, und Du wirst mit Riemer* [Goethes Sekretär] *die meinige trinken. Lebe wohl und behalte mich lieb."*

18 Jahre verbringt Christiane Vulpius ohne Trauschein an Goethes Seite. Obwohl eine Beziehung wie die ihre eigentlich illegal ist, lässt sie sich nicht nur auf eine Liebelei mit dem berühmten Dichter ein, sondern lebt unter seinem Dach, gründet mit ihm eine Familie. Als Goethe die unstandesgemäße, schwangere Geliebte zum Entsetzen der Weimarer Gesellschaft zu sich ins Haus holt, bringt sie ihre 13-jährige Halbschwester Ernestine – die Tochter des Vaters aus zweiter Ehe – und die unverheiratete Tante Johanna Auguste mit sich. Nicht nur durch die Geburt des ersten Kindes August wird Goethe dank Christiane Vulpius also vom ewigen Junggesellen zum Familienvater.

Sie für ihren Teil übernimmt die Führung seines Haushalts und lernt, sein von viel Arbeit, Abwesenheit, Öffentlichkeit und Kreativität geprägtes Leben zu akzeptieren und sich darin einzurichten. Sie ist ihm Heim und Herd, während er, so scheint es, den Mittelpunkt ihrer Welt bildet. *„Leb wohl, Du*

Süßer. Deine Dich ewig liebende Christel", endet Christianes erster erhaltener Brief vom 12. Mai 1793. Über die Jahre bleiben ihre Grußformeln immer gleich liebevoll und spielerisch:

Weimar, 14. Juni 1793
Leb wohl und denke an Dein Christelchen, das Dich recht zärtlich liebt, und mache nicht so viel Äuglichen.

Weimar, 26. September 1796
Leben Sie recht lieb. In Eile. C. V.

Weimar, 7. Juni 1797
Leb itzo wohl. Aber wenn Du wiederkommst, da will ich Dich auch lieb haben, so wie Du Dir es gar nicht denken kannst. Adieu, liebe mich wie ich Dich. Christiane V.

Weimar, 23. März 1799
Heute muß ich Kuchen backen und kann Dir also nicht so viel schreiben; meine einzige Bitte ist, mich Hasen nur recht lieb zu behalten. Weimar, den 23. März. V.

Lauchstädt, 15. Juli 1810
Behalte mir nur Deine Liebe, so bin ich zufrieden und glücklich.

Jena, 8. März 1815
Lebe wohl und behalte mich so lieb, als ich es schon von Dir überzeugt bin. Dein Dich ewig liebender Schatz
C. v. Goethe

Jena, den 11. April 1815
Nun lebe wohl und denke mein. Ich liebe Dich sehr. Hier bin ich aber wie ein Vogel so vergnügt. Dein treuer Schatz
C. v. Goethe.

In den Liebesbriefen an Johann Wolfgang lernen wir eine ganz bestimmte Christiane kennen, eine Christiane ohne den geliebten Mann nämlich. Denn es braucht schließlich keine Briefe, während man zusammen ist. Dass Christiane das Schreiben aber durchaus als Ersatz für das vertraute, liebevolle Gespräch verstand, zeigen viele ihrer schönsten, spielerischsten Briefe, so auch der folgende aus dem Jahr 1798, einer Phase, in der Goethe sehr viel Zeit in Jena, bei Schiller und mit seiner Literatur verbrachte, während Christiane Vulpius in Weimar ‚die Stellung hielt':

Weimar, 22. Mai 1798

Nun, mein allerbester, superber, geliebter Schatz, muß mich ein bißchen mit Dir unterhalten, sonsten will es gar nicht gehen. Erstens muß ich Dir sagen, daß ich Dich ganz höllisch lieb habe und heute sehr hasig bin; zweitens, daß ich am Montag meine Wäsche aufgeschoben habe wegen des übeln Wetters, und erst heute Nacht gewaschen wird, und ich sehe zu meinem größten Vergnügen, daß das Wetterglas steiget. Drittens habe ich mit Fischer gesprochen. Der will, sobald der Herr Geheimer Rath Voigt wiederkömmt, gleich das Geld hinbringen. Viertens war die Frau Pastorin von Rossel bei mir, welche ich sehr gut gefüttert habe und welche sich es für eine große Genade schätzt und sehr glückselig ist, wenn mein Vortrefflicher bei ihr logiren will. […] Heute bin ich auf dem Jahrmarkt gewesen und habe mir Seife gekauft. Nun hoffe ich aber auch, daß mein Allersuperbester auch ein Laubthälerchen an mich wenden wird, weil ich so ein großer tugendhafter Schatz bin. Für heute Abend leb wohl, morgen ein Mehres.

Doch nicht immer sind Christianes Briefe so leichtherzig. Es war ein Kampf für sie, die häufige Abwesenheit ihres Geliebten – zunächst in Diensten des Weimarer Herzogs Carl August, dann auf eigenen Antrieb – zu akzeptieren.

„Daß Du so lange drüben bleiben willst, ist mir freilich nicht recht", schreibt sie ihm öfter nach Jena. Dorthin zieht sich Johann Wolfgang ab Mitte der 1790er Jahre häufig vor den Forderungen des Weimarer Hofes, aber auch vor dem alltäglichen Chaos zu Hause zum Schreiben zurück. *„Aber wenn der Roman nicht fertig ist, so hilft es doch nichts"*, lenkt Christiane sogleich wieder ein (2. März 1796). Doch selbst als sie im Laufe der Jahre eigenständiger wird und auf eigene Faust *„brillante Tage"* außerhalb von Weimar erlebt, bricht sich ihr ‚Goetheweh' immer wieder Bahn:

Weimar, 16. August 1797
Lieber,
Hier schicke ich der Frau Rath [Goethes Mutter] den *Merkur* und habe auch zugleich von diesem Monat diesen mit beigelegt. Ich bin mit dem Kinde recht wohl und vergnügt, ich glaube, die Reise hat uns beide sehr heiter gemacht. Wenn ich nur bei Dir sein könnte, das ist meine einzige Betrübniß; und manchmal werden die Wehe sehr groß, denn ich habe Dich nur immer lieber.

Weimar, 18. August 1797
Und wenn Du in der Schweiz bist, laß mich auch immer etwas von Dir hören, und ich bitte Dich um alles in der Welt, gehe itzo nicht nach Italien! Du hast mich so lieb, Du läßt mich gewiß keine Fehlbitte thun. Was mich die Menschen hier ängstigen, daß Du nach Italien gingest, das glaubst Du gar nicht; dem einen hat es der Herzog selbst gesagt, das andere weiß es von Dir gewiß, ich will gar keinen Menschen mehr sehen und hören. Lieber, Bester, nimm mir es nicht übel, daß ich so gramsele, aber es wird mir dießmal schwerer als jemals, Dich so lange zu entbehren; mir waren so aneinander gewöhnt. Die Wege in [den] Garten sind nicht allein groß, alles im ganzen Hause kommt mir groß und leer vor. Bleibe ja nicht so lange aus, ich bitte Dich sehr.

Weimar, den 20. März 1798
Mir ist es heute sehr gramselich zu Muthe. Hier in meiner Stube sitzt alles um mich herum und strickt, das Bübchen liegt auf dem Kanapé, und es will mir ohne Schatz gar nicht gefallen. Die Liebe ist groß. Nun will ich in das Bette gehen und an Dich denken; Du denkest gewiß auch an mich. Morgen ein Mehres.

Doch Christiane findet auch neckische Wege, ihrem abwesenden Mann ihre Sehnsucht zu vermitteln. Ein Mittel dafür sind die sogenannten *„Äuglichen"* – ein Wort aus der ‚Liebessprache', derer sich Johann Wolfgang und Christiane bedienen. Gemeint sind beiderseitige Flirts, die erlaubt, ja, sogar Teil des Liebesspiels sind. Es wird ein deutlicher Unterschied zwischen den harmlosen *„Äuglichen"* und den *„Augen"* gemacht, die wohl allein dem Partner vorbehalten bleiben müssen. Getauscht werden Letztere in Briefen und in der gemeinsam verbrachten Zeit, für die Christiane ihr eigenes, berühmt-gewordenes Wort hat: Schlampamps- oder auch Schlanbens-Stündchen. Dieser Ausdruck für flanierend, plaudernd oder auch anderweitig zugebrachte zweisame Stunden ist eine eigene Erfindung und unbestreitbar lautmalerisch aussagekräftig.

Weimar, 18. Juni 1798
Da ich nunmehr ganz glatt bin, kannst Du Dir denken, was die Leute wieder vor Äugelchen mit mir machen wollen; und mir haben uns alle sehr geputzt, und es sind uns sehr viel Ehrenbezeugungen gemacht worden. [...] Die Reise soll uns in Schlampampsstündchen unterhalten, denn ich habe Dir sehr viel zu erzählen; und Bekanntschaften gibt es nunmehro in Jena bald aus allen Welttheilen. [...]

In Nossel treffe ich ein Briefchen von Dir, und ich freu mich sehr auf Sonnabend über 8 Tage, Dich wieder bei mir zu sehn, und daß ich Dir sagen kann, daß ich Dich nur ganz allein liebe und mich mit Dir wieder freuen kann. Denn alle Freuden sind doch ohne seinen Schatz nichts. Alle andere Männer und Äuglichen kommen mir abgeschmackt vor. Leb wohl und liebe mich so wie ich Dich.

Weimar, 2. April 1799
Lieber, ich danke Dir, daß Du mir nur einige Zeilen geschrieben hast. Diese Woche will ich noch recht fleißig sein und meine Kleider alle in Ordnung bringen und das weiße Kleidchen machen um daß, wenn Du wiederkömmst, wir rechte Schlampamps-Stündchen haben können.

Weimar, 3. Mai 1800
Lieber, Bester,
Deine Messe hat sehr große Freude bei uns gemacht, der August hat über die Mütze viel Vergnügen, und ich bin nach meiner Art etliche Mal um den Tisch herum gehuppt. Eine noch größere Freude hättest Du uns gemacht, wenn Du mit dabei gewesen wärst. Du hast aber sehr wohl gethan, nicht gleich wieder mit zurück zu reisen; ich glaube, daß Dir es recht gut sein soll, daß Du Dich einige Zeit da aufhältst. Ich bin indeß recht fleißig im Garten und Hause gewesen, und ich hoffe, bis Du wiederkömmst, soll alles in der größten Ordnung sein, auch sollst Du mich da schon in einem Kattunkleidchen sehen. Der Herr Bury [Maler Friedrich Bury, der Goethe zu jener Zeit porträtierte] hatte auch eine sehr große Freude über das Tuch, er ist auch fleißig und mannichmal wird auch etwas gehast. Gestern waren wir im alten Garten, und morgen wollen wir nach Erfurt, wo ich ihm schon im voraus gesagt habe, daß da Äuglichen gemacht werden. Das will er aber nicht leiden, also wird es nichts werden, und ich werde mich darein finden müssen. In Leipzig wird es wohl auch nicht wenig Äuglichen geben. Hier schicke ich Dir auch alles, was Du verlangest durch den Herrn Legations-Rath Bertuch [Christianes ehemaliger Arbeitgeber], der sich ein großes Vergnügen daraus macht, es mitzunehmen. Danken will ich Dir vor alles, wenn Du selbst bei mir bist; es betrübt mich der schöne Spargel, den

ich alle Tage, da Du nicht da bist, verkaufen muß. Leb wohl und komm bald wieder.
C. V.
Adieu, mein Lieber, behalte mich lieb, ich freu mich herzlich. Dich wiederzusehen.

Lauchstädt, 5./10. Juli 1803
Leb wohl und behalte mich lieb. Denn hier unter allen denen ist kein Mann wie Du; wenn man sie näher kennt, kann man sie alle nicht achten. Lustig aber bin ich sehr und habe Dir sehr viel zu erzählen. […] Wie Du gibt es keinen Mann in der ganzen Welt. Und wegen der Augen kannst Du ganz außer Sorge sein; aber Äuglichen gibt es, daß man sich nicht zu retten weiß. Heute Abend ist Ball, und ich bin schon 10 Tänze engagirt. Leb wohl, ich muß schließen. Behalte mich nur so lieb wie ich, Dein Dich ewig liebender Schatz.

Weimar, 24. Mai 1810
Ist denn die Bettine in Karlsbad angekommen und die Frau von Eybenberg? Und hier sagt man, die Silvie und Gottern gingen auch hin. Was willst Du denn mit allen Äuglichen anfangen? Das wird zu viel. Vergiß nur nicht ganz Dein ältstes, mich, ich bitte Dich, denke doch auch zuweilen an mich. Ich will indeß fest auf Dich vertrauen, man mag sagen, was man will. Denn Du bist es doch allein, der meiner gedenkt. Lebe wohl und behalte lieb
C. v. Goethe

Sind die *„Äuglichen"* meist kein Problem, so kann der Liebescode doch auch, wie im letzten Brief, genutzt werden, um den Partner diplomatisch ‚zurückzupfeifen'. Auch Johann Wolfgang bedient sich dieses Mittels, so etwa am 20. Juni 1798: *„Ich hoffe, daß Du Dein glattes Gesichtchen, so wie die Äugelchen für den Schatz aufheben wirst."* Im gemeinsamen Austausch entwickeln er und Christiane eine Sprache, in der sie sich unbeschwerter austauschen können. *„Ich bin auch ein Hase, wenn ich nur nicht seit der Redoute* [Tanzball] *schon ein*

Meerweibchen wäre", schreibt Christiane beispielsweise am 30. März 1799. Die *„Hasigkeit"* kann mal ihre Anschmiegsamkeit, mal ihre Ängstlichkeit bezeichnen, vor allem aber ihren sexuellen Appetit. *„Meerweiblichkeit"* ist Christianes Art, ihren Mann wissen zu lassen, dass sie gerade ihre Tage hat. *„Herr von Schönfuß"* wiederum nennt sie Goethes bestes Stück. *„Eine Frau findet eine Sprache für ihren Körper, ihre Weiblichkeit, ihre Sexualität. Ungewöhnlich in ihrer Zeit"*, kommentiert Sigrid Damm (S. 10). Christiane nutzt diese eigene Sprache, um mit Johann Wolfgang zu flirten, aber auch um Dinge, die man nicht unbedingt ausspricht, in poetische Worte zu packen. Vielleicht erleichtert es die kreative Umschreibung auch, über ‚unanständige' und/oder nicht immer einfache Themen zu sprechen. Ihre ungeborenen Kinder – Früchte einer eigentlich illegitimen Beziehung – benennt Christiane mit einer eigenartigen Kreativität, die ein ordentliches Maß schwarzen Humors verrät:

Weimar, um den 24. Mai 1793
Ich bin recht wohl mit der Krabskrälligkeit. Und nun noch eine Bitte an Dich. In Jena und in Weimar habe ich eine große Bequemlichkeit zu den Pfuiteufelchen gesehen. Das sind so weiße Saloppen von klaren weißen Zeuge ohne Streifen, ganz glatt; sie werden es in Frankfurt schon wissen. Wenn Du mir so was schicken wolltest, aber bald, sei aber ja nicht böse, daß ich Dich schon wieder plage. Leb recht wohl und behalte mich recht lieb, ich liebe Dich unaussprechlich. Gehe ja nicht in Krieg und denke an mich. Adieu, mein Bester.

Weimar, den 7. Juni 1973
Itzo fehlt mir nichts als Du, mein Lieber, daß ich mich mit Dir freuen könnte und Dich an mein Herz drücken könnte und Dir sagen könnte, wie ich Dich immer herzlicher lieber und Du mein einziger Gedanke bist, denn jede Freude ist nur halb, wenn Du nicht dabei bist. […] Auch ein paar Kose-Weiber haben mich besucht, vermutlich aus Neugier wegen der Krabs-

krälligkeit, die itzo ziemlich augenscheinlich wird. Ich und der Kleine, mir sind gesund, und weiter fehlt mir nichts, als daß ich mit dem einen Fuß nicht recht fort kann und er ist sehr schmerzlich und dicke, ich habe mit [dem] Doctor gesprochen, der hat mir aber versichert, es thue nichts, es vergehe auch wieder. Ich fahre mannichmal eine Stunde spazieren, das hat er mir erlaubt. Am Sonntag habe ich das neue Neligé angehabt und bin in [der] Kirche gewesen, weil Herder predigte. Nach Mittage sind wir auf den Vauxhall, da wurde das schöne Kleid bewundert und gelobt.

Weimar, 17./18. Juni 1793
Das Pfuiteufelchen hat sich gemeldet, und es wird wohl seinen Besuch im October machen. Da bist Du doch wohl wieder da. Ach ja, da läßt Du mich nicht allein! habe mich nur lieb und denke an mich, ich habe Dich ja jeden Augenblick im Sinn und denke nur immer, wie ich im Haushalt alles in Ordnung bringen will, um Dir mit etwas Freude zu machen, weil Du mich so glücklich machst. Leb wohl, behalte mich lieb und denke an mich, ich und der Kleine küssen Dich tausendmal. Schreibe mir bald wieder.

Du schriebst mir in einem Briefe, es wäre Zwirn dabei, aber ich habe keinen bekommen.

Von den insgesamt fünf Kindern, die Christiane zur Welt bringt, überlebt nur August, der Erstgeborene. Seine vier Geschwister sterben alle kurz nach der Geburt – ein Schmerz, von dem es nur wenige Zeugnisse in den Briefen der Eltern gibt. Es scheint auch für Christiane Vulpius zu gelten, was Goethes ehemaliger Sekretär Riemer über das viel diskutierte Schweigen des Dichters nach dem Tod seiner Frau schreibt: *„So hielt er es immer mit allem, was tief in sein Inneres schnitt, er sprach nicht davon, aus Scheu, den Schmerz mit Worten zu berühren."* (Riemer, S. 166) Das aber mindert die Liebe und Sorge nicht, wie Christianes folgender Brief über den am 30. Oktober 1795 geborenen Sohn Carl, ihr viertes Kind, zeigt:

Weimar, 10. November 1795
Es thut mir leid, daß ich Dir nicht schreiben kann, daß wir beide wohl sind. Ich bin recht wohl, so daß ich außer Bette sein kann. Aber das Kleine ist seit 2 Tagen sehr matt und schläft den ganzen Tag. Und wenn es essen und trinken soll, so muß man es aufwecken. Und da ißt es auch. Der Doctor und die Liebern trösten zwar gut, aber ich läugne es nicht, ich bin sehr ängstlich dabei. Ich wollte Dir, mein Lieber, erst nichts schreiben, aber es ist doch besser, Du weißt es, und deßhalb schicke ich Dir einen Boten. Herzog hat heute schon 2 mal geschicket, ob Du noch nicht zurück wärst. Der Gustel läßt Dich schönstens grüßen und freut sich, Dich bald wiederzusehen. Sei so gut und schreibe mir ein Wort zu meinem Trost. Leb wohl, zu Ende der Woche erwarte ich [Dich]. Behalte mich lieb.

Der Tod der vier später geborenen Kinder mag ein Grund dafür sein, warum die Beziehung zwischen Christiane und ihrem Sohn August eine ganz besonders innige ist. Solange *„der Gustel“* klein ist, scheinen die beiden immer zusammen zu sein. Oft spricht aus Christianes Briefen die stolze Mutter, die den abwesenden Vater über den Fortschritt des Kindes auf dem Laufenden hält, und zeitweise schreibt sie von sich und ihrem Sohn sogar als einer Einheit:

Weimar, 7. Juni 1793
Bald hätte ich Dir vergessen zu schreiben, daß der Kleine sich sehr freut über sein abc Buch und will das abc lernen, er sagt: ‚Daß ich auch was kann, wenn der liebe Vater wiederkömmt.‘ Aber Du sollst ihm ja einen Säbel und eine Flinte mitbringen. Leb wohl und gehe nicht in Gefahr und denke an uns und behalte mich lieb, ich liebe Dich über alles. Leb wohl, Du Liebster.
V.

Weimar, 25. Juli 1793
Das wird wieder eine recht schöne Zeit werden, wenn es nur noch gute Tage sind, wenn Du wiederkömmst. Nun muß ich Dir doch auch etwas vom Kleinen schreiben; der sieht ganz anders aus, viel hübscher, mir kömmt es vor, er sehe Dir sehr ähnlich. Er hat seine Freude sehr an Thieren und einem lebendigen Habicht im Garten und einem Eichhörnichen, das hat sich aber diese Nacht von der Kette los gemacht und ist fort, da hat er den ganzen Morgen geweint. Herr Meyer will den Brief zumachen. Leb wohl, Du Lieber, und behalt mich ja lieb und komm bald wieder.

Weimar, Ende September oder Anfang Oktober 1793
Wie ich heute [...] nichts von Dir sah, betrübte ich mich, aber ich will doch nicht so böse sein, und Dir ein freundlich Wörtchen sagen. Ich hoffe recht darauf, Dich wiederzusehen, denn mir ist es ein bißchen courios zu Muthe. Wenn Du aber hier bist, ist es doch besser. Fertig ist alles, die Zimmer sind gedielt und ist alles in der besten Ordnung. Die Nüsse habe ich aufgehoben, aber etwas ist doch davon verzehrt worden, weil sie die Mutter und das Bübchen sehr gerne essen und sie besonders gut sind. Das Bübchen erkundigt sich immer bei mir, ob das Väterchen noch nicht bald wiederkömmt. Hier schicke ich die Briefe, die angekommen, es sind auch 3 Packete da, die habe ich aber liegen lassen. Leb wohl und behalt mich so lieb wie ich Dich.

Weimar, 13. Januar 1796
Keine größere Freude, mein Lieber, hättest Du mir nicht machen können als die, daß ich Dich abholen soll. Es ist sehr gehuppst worden, und das Bübchen hat mit gehuppst. [...] Ich und das Bübchen sind recht wohl und bald vor Freuden unklug. Ich will auch den Freitag nicht so lange auf der Redoute bleiben, damit ich den Sonntag recht heiter bin. [...] Leben Sie wohl, es bleibt dabei, mir kommen. Das Bübchen läßt Dich vielmals grüßen.

Weimar, 23. November 1799
Daß Dir es, mein lieber Schatz, so gut geht, das ist mir sehr lieb. Das Wetter ist dieses Jahr auch besser. Ich danke Dir vor den Weinzettel. Heute bin ich wieder wohl, aber drei Tage habe ich im Bette gelegen und bin recht krank gewesen. [...] Es ist hier so eine Seuche, es ist eine Art von Ruhr, und wer sich nicht abwartet, so wird es schlimm. Aber ich habe recht eingenommen und mich gut gehalten, so ist [es] nun vorüber. Den Gustel habe ich heute was abzuführen einnehmen lassen, damit er mir nicht auch krank werde; und morgen soll Karl [Schiller] auch etwas kriegen. Der August ist mir nicht vom Bette gekommen; er wird alle Tage vernünftiger, so daß [ich] oft vor ihm erschröcke.

Weimar, 25. November 1799
Auf den August bin ich dießmal in Ernst böse; er ist gegen meinen Willen mit nach Jena gekommen. Ich wollte haben, daß beide [August und sein Freund Karl Schiller] dableiben sollten; aber bei dem Gustel half kein Bitten und Flehen, und war es nicht zu Dir, so hätte ich mein Mutterrecht gebraucht, und er hätte zu Haus bleiben müssen. Denn ich darf mir nicht denken, daß so etwas in einem andern Fall geschehn könnte, wenn er älter wär. Das könnte mich sonst sehr betrüben. Indeß will ich nicht hoffen, daß so etwas auf die Zukunft Einfluß hat; davor ist mir sein gutes Herz Bürge. [...] Grüße den Gustel von mir und leb wohl. Mit meinen Geldumständen sieht es schlecht aus. Hier folgen auch Sachen vor den Karl; das Übrige, was er noch bei uns hat, ist in der Wäsche, und wenn [er] nicht wiederkommt, so will [ich] es mit den Botenweibern schicken. Nicht wahr, ich sehe ich Dich bald wieder? Leb wohl und behalt mich lieb.

Weimar, 1. Oktober 1800
Über den Gustel wirst Du Dich recht freuen, denn er kommt mir alle Tage verständiger vor. Wir haben uns recht lieb und unterhalten uns immer zusammen.

Christiane mit Schultertuch.
Zeichnung von Johann Wolfgang von Goethe, um 1788/89

Weimar, 14. August 1802
Der August ist sehr artig und recht freundlich mit mir; er ist so gefällig und zuvorkommend, als er noch nicht gewesen ist, und wir sind beide recht vergnügt zusammen. Leb wohl und behalte Du auch Deine Kinder recht lieb.

Christiane ist die Beziehung zu ihrer Familie wichtig – ihrem Mann, ihren Geschwistern, ihrem Sohn und ihrer Schwiegermutter, der *„Frau Rath"*, Catharina Elisabeth Goethe. Diese lebt zwar in Frankfurt, doch sowohl die Bindung zu ihrem Sohn als auch das Verhältnis zu dessen Gefährtin ist ein enges. Anfänglich überwiegt bei Christiane noch die Besorgnis, Frau Goethe könnte sie, die unstandesgemäße Geliebte ihres Sohnes, ablehnen:

Weimar, 7. Juni 1793
Lieber, ich habe das schöne Tuch und alles erhalten und mich herzlich gefreut, aber der Gruß von der lieben Mutter ging mir über alles, ich habe vor Freuden darüber geweint. Ich habe was ohne Dein Wissen gethan, ich habe an die liebe Mutter geschrieben und mich bei ihr bedankt, mein Herz ließ mir es nicht anders zu, ich mußte schreiben, Du wirst doch nicht böse darüber? Der Brief wird nun freilich nicht recht sein, aber bitte die liebe Mutter, daß sie nicht böse auf mich wird, und sage ihr, daß ich es nicht besser kann. Ach, Lieber, wenn Du nur hier wärst und sähest wie ich mich über das alles freue, aber am meisten freu ich mich, daß die liebe Mutter nicht böse auf mich ist, das macht mich sehr glücklich, denn das hat mich noch mannichmal betrübt. Im Stillen habe ich darüber nachgedacht.

Die Sorge weicht schnell gegenseitiger Sympathie. Die lebenslustige Catharina Elisabeth Goethe ist eine der wenigen Menschen, die die Beziehung ihres Sohnes zu Christiane Vulpius nicht nur unterstützt, sondern vorbehaltlos begrüßt.

„Bettschatz“ nennt sie Christiane und meint es durch und durch positiv. Nach einer schweren Krankheit ihres Sohnes schreibt sie ihr am 19. Januar 1801: *„Aber meine Liebe Liebe Tochter! wie soll ich Ihnen danken, vor alle Liebe und Sorgfalt die Sie meinem Sohn erwiesen haben.* [...] *Nochmahls Tausend Danck vor alle Liebe – treue und Besorgung – auch vor den Brief an mich – wie leicht hätte ich es von Frembten auf die schreckhaftest art erfahren können – Leben Sie wohl! Grüßen meinen mir von Gott auf neue geschenkten Sohn – auch den Lieben Augst von Eurer aller treuen Mutter und Großmutter Goethe.“* (Zobeltitz, S. 47) Es entwickelt sich eine lebhafte Korrespondenz zwischen den beiden wesensverwandten Frauen, die, so scheint es, sich durchaus auch gegen den eigenwilligen Johann Wolfgang verbünden. So tadelt Christiane ihren Schatz im Oktober 1797 für seine lange Abwesenheit und seine ‚Funkstille' mit einem mehr oder weniger subtilen Verweis auf die Frau Rath in Frankfurt: *„Von der guten Mutter habe ich wieder einen Brief bekommen, das hat mich recht gefreut. Aber sie schrieb mir, daß sie keinen Brief von Dir hat und alle meine Briefe noch ganz ruhig bei ihr liegen, weil sie nicht wüßte, wo sie sie hinschicken sollte.“* In diesem Jahr war es zur ersten und einzigen Begegnung zwischen den beiden Frauen gekommen, als Goethe seine Geliebte mit in seine Heimatstadt nahm und seiner Mutter nach neun Jahren Beziehung endlich vorstellte. Nach der Rückkunft in Weimar schreibt Christiane ihrem noch in Frankfurt verweilenden Johann Wolfgang voller Freude über die Begegnung mit der Frau Rath, und auch danach bleibt die Beziehung eine liebevolle:

Weimar, 13. August 1797
Ich bin sehr heiter und vergnügt, wenn ich an unsere Hinreise nach Frankfurt denke; wie Du, Lieber, so gut warst und uns so lieb hattest, das werd ich nie vergessen. Und die liebe Frau Rath hat uns so gut aufgenommen! ich glaube, ich bin nach der Reise ganz anders, ich komme mir ganz glückselig vor. Ich werde wohl nie wieder gramselen. Die Ernestine [Christianes

Halbschwester] will, weil sie das Einmachen einmal übernommen hat, auch es dieß Jahr allein machen. Dieß lass ich mir, da ich sehe, daß sie es ordentlich macht, sehr gern gefallen und will nun auch alle meine guten Freunde besuchen und etwas von Frankfurt erzählen. Das Kind ist sehr wohl.

Weimar, 16. Dezember
Heute, mein Lieber, ist das Kistchen von Frankfurt angekommen, ich habe mich sehr gefreut! Es waren 20 Ellen seidenes Zeug darin vor mich und auch ein Paar schöne Schuh und ein Paar seidene Strümpfe, schöne Spitzen und vor August sehr schönes Tuch 3 und ½ Elle und Knöpfe auch zu einer Weste. Die gute Mutter! Es kostet ihr gewiß viel, denn es ist alles sehr schön. Aber auf die Redoute kann ich es nicht anziehen, es ist mehr zu einem Staatskleide, aber sehr schön. Wenn Du nur schon da wärest, daß ich es Dir alles zeigen könnte! Ich habe eine sehr große Freude darüber.

Weimar, 23. Dezember 1800
Da es freilich nicht möglich war, daß Du kommen konntest, so muß ich mich darin schicken; aber betrübt bin ich doch, denn wenn Du morgen nicht hier bist, so ist der ganze Spaß nichts. Das Theater ist aber sehr schön, und der Gustel wird sich recht freun. Meine Schüttchen sind mir dießmal auch nicht so gut gerathen wie sonst. Nun muß ich mich nur über meinen Redoutenanzug freun, der wird recht artig. Aber Du mußt ja kommen! Es soll alles in der besten Ordnung sein, und ich erwarte Dich zu Mittag. Heute hat die gute Mutter wieder eine Schachtel Confect geschickt. Schlaf wohl. Ich bin sehr müde.

Weimar, 27. August 1801
Deinen Brief, mein Lieber, habe ich dießmal balde erhalten, er ist nur 3 Tage unterweges gewesen. [...] Und wenn wir erst wieder zusammenkommen, alsdann wird alles gut werden. Ich freu mich recht, Dich und Dein liebes Bübchen wiederzu[sehen] und euch an mein Herz zu drücken. Ich will alles besorgen, wie Du es geschrieben hast, und Mittewoch, den 13. August, will ich von hier abreisen, damit wir die Pferde nicht so stark

Porträt von Christian August Vulpius (1762–1827), Historischer Druck, aus dem Bildatlas zur Geschichte der Deutschen Nationalliteratur, von Gustav Könnecke, 1887

anzugreifen brauchen. Ich werde alle Stunden und Tage zählen, bis ich zu Dir komme und Dir sagen kann, wie herzlich ich Dich liebe. Die gute Mutter hat mir auch einen schönen Brief geschrieben, den will ich mitbringen.

Teil der Familie, die Christiane und Johann Wolfgang am Frauenplan um sich scharen, sind außerdem die Geschwister Vulpius. Halbschwester Ernestine und der ältere Bruder Christian August gehören zu Christianes engsten Bezugspersonen:

Weimar, den 8. Juli [Juni] 1798
Wir sind hier so ziemlich in Ordnung und sind lustig und froh. Die bewußten Sachen sind gut verhandelt, und die Ernestine hat sich bei der Gamby einen großen Hut gekauft, der ihr sehr gut steht, und ich und mein Bruder haben auch noch allerlei von unserer Garderobe verkauft. Es war vorgestern eine ordentliche kleine Auction bei uns. Das hat uns recht Freud gemacht, aus so altem Kram Geld zu lösen, genug, es ist auch vor die Ernestine ein halbseidenes Kleidchen im Handel, mir müssen sie doch etwas herausputzen. Es ist überhaupt zwischen uns 3 Geschwister eine große Einigkeit, welches mir ordentlich als eine seltsame Erscheinung vorkommt. Daß Du Lützow [Ernestines Verlobten] auch vor einen guten Menschen hältst, hat Ernestine sehr zufrieden gemacht. Wenn Du, mein Bester, wieder bei uns in Weimar bist, wollen mir Dir, mein Guter, vor alles Gute den besten Dank sagen. Leb wohl und denke zuweilen an Deinen Schatz, der Dich von ganzem Herzen liebt und schätzt. Leb nochmals wohl. Mein Bruder sagt mir soeben, ich sollte Dir zu dem blau Packet gratuliren. Adieu, Lieber.

Und auch Goethe lebt nicht nur neben den Verwandten seiner Frau her, sondern ist in das Familienleben eingebunden, wenn auch im Falle des Bruders Christian August Vulpius von beiden Seiten eine höfliche Distanz gewahrt wird. *„Ich bin Ew. Excellenz unterthänigster Diener"*, unterschreibt Vulpius Briefe an den Geliebten seiner Schwester, der für ihn sowohl hochverehrter Dichterkollege als auch Gönner ist. Die Beziehung zwischen den beiden, die begann, als Christiane Goethe eine Bittschrift zur Unterstützung ihres Bruders überreichte, ändert sich kaum. Selbst Vulpius' großer Erfolg *Rinaldo Rinaldini*, der sich zeitweise besser verkauft als der *Wilhelm Meister* seines späteren Schwagers, führt nicht zu finanzieller Sicherheit. Goethe verschafft Vulpius eine Stelle als Bibliothekar und greift ihm auch anderweitig unter die Arme. Immer wieder tritt Christiane in ihren Briefen als Bittstellerin für ihren Bruder auf:

Weimar, 26. Mai 1797
Nun aber komme ich auch mit einer Wehnklage. Der unglückselige Theaterdichter ist in der größten Not und Betrübniß [...], weil er von dem Gelde von der Bibliothek noch sein Fähnchen bei den Juden zu bezahlen hat. Auch bittet er sehr, daß Du ihm doch etwas bestimmen solltest, denn der Hofkammerrath wär zwar gut gegen ihn, wenn es aber Geld beträfe, so wär er keines Menschen Freund. [...] Kurz, der arme Mann ist sehr betrübt. Ich bitte dich recht sehr, daß Du Dich seiner ein bisschen annimmst. Er verspricht auch, fleißig zu sein. Du wirst Deinen Hasen nicht unerhört lassen. Leb wohl.

Weimar, 3. Juli 1810
Einige Briefs, welche an Dich angekommen sind, habe ich meinem Bruder geben müssen, da er mir sagt, daß sie der Herr Geheimsecretär Vogel mitnehmen wollte. Rinaldo [Christian Augusts Sohn] ist mit seiner Mutter sechs Wochen in Meiningen gewesen und heute wieder zurückgekehrt; er hat mich gebeten, ihn bei Dir zu empfehlen. Vergiß nicht, dem armen Wurm etwas mitzubringen, etwa ein Westchen oder Halstüchelchen; er ist recht geschickt geworden und verdient es würklich.

Christian August Vulpius scheint eine stete Präsenz im Leben seiner Schwester zu sein, geht ihr zu Hand, nicht zuletzt, wenn sie damit zu tun hat, die literarischen Angelegenheiten des abwesenden Goethe zu regeln. Christiane scheut sich dabei nicht, die Arbeitskraft ihres Bruders einzusetzen, wenn sie diese braucht. So schreibt dieser am 5. Mai 1800 in ihrem Auftrag an Goethe: *„Ganz kurz vor Abgang der Post ist Ihr Brief an meine Schwester kommen. Es ist Wäsche und ein ewiges Reinmachen im Hause. Man glaubt nicht fertig zu werden. Ich muß also schreiben.“* Noch allgegenwärtiger allerdings ist die Schwester Ernestine:

Weimar, 2. März 1796
Mit dem neuen Sänger wollte es am Sonnabend nicht gehen, überhaupt ging meinen Gedanken nach das ganze *Käppchen* [Theaterstück von Christian August Vulpius] nicht gut. Desto besser spielten sie gestern den *Vetter aus Lissabon.* Ich und Ernestine machen itzo aus alten Kleidern Chemisen und gestern ist der gelbkattunene besonders gut gerathen, und ich bilde mir ein, daß er mir gut stehe. Da wurde, stelle Dir vor, vor lauter Freuden um 2 Uhr die Flasche Champagner auf Dein Wohlsein von mir, der Tante und Ernestine verzehrt, und dann ging es mit mir in die Komödie, aber von Äuglichen gab es nichts.

Lauchstädt, 19. Juli 1803
Heut wollte ich lieber, daß es der 26. wär, so ging' es doch heute fort! Wenn ich nur erst wieder bei Dir bin, da bin ich doch allein ganz glücklich. Heute bin ich zu Thé dansant geladen und habe mir deßhalb ein neues Kleid machen lassen, weil [ich] gar nichts mehr anzuziehn habe. Ernestine wird sich, wenn ich ihr nichts mitbrächte, nicht über mich freuen, denn sie bekömmt schön zu thun. [...] Alleweile gehe ich mit August zu dem Thé dansant. Ich bin von dem Herrn von Spiegel eingeladen worden. August läßt Dich herzlich grüßen.

Jena, 19. August 1803
Heute, Freitag den 19., sind wir zu dem Frühstück zu meinem Bruder, wo ich alleweile schreibe; zu Mittag essen wir wieder im Garten. Alsdann wollen wir nach Burgau und Lobeda fahren und da Fische essen. Mein Bruder wird aber schon auch den Sonntag dafür sorgen, daß wir auch da nicht tanzen. Wir nehmen ihn aber auch nicht viel mit. Morgen wollen wir nach Dornburg bei Obstfelder. Und Montag bin ich wieder bei Dir. Leb wohl und gedenke mein und grüße meinen lieben Gustel vielmal. Und Ernestinen lasse ich die Bohnen bestens empfehlen.

Weimar, 17. Dezember 1803
Besorgen will ich Dir alles pünctlich und Dir auch morgen den Wagen schicken; aber freilich hätte ich lieber gesehen, wenn Du nun wieder hier wärst. Zu lange will es nicht gehen, ich fange schon an, verdrüßlich und grämlich zu werden; die Ernestine sagte es gestern: sie wollte, Du wärst wieder hier, daß ich wieder freundlich würde. Wenn ich aber nur höre, daß es Dir gut geht, so will ich mich in alles finden.

Durchgehend wird die helfende Hand Ernestines erwähnt. Die fast zehn Jahre jüngere Halbschwester erscheint zeitweise als Christianes engste Gefährtin, etwa in einem Brief vom 24. November 1798, in dem Christiane ihrem Schatz von einem Albtraum erzählt: *„Ich habe dabei so geweint und laut geschrien, daß mich Ernestine aufgeweckt hat, und da war mein ganzes Kopfkissen nass.“*

Ernestine Sophie Louisa Vulpius stirbt dreißigjährig im Januar 1806, ein Schlag für den ganzen Haushalt, der von der uneinsichtigen Weimarer Gesellschaft kaum als solcher wahrgenommen wird. Etwas mehr als ein halbes Jahr zuvor ist Schiller gestorben, und da scheint der Verlust einer jungen Frau kaum der Rede wert. *„Das schmerzt mich, daß seine Tränen um solche Gegenstände fließen müssen“*, schreibt etwa Schillers Witwe Charlotte über den trauernden Johann Wolfgang von Goethe (Begeg. VI, S. 4). Auch Christianes Tante Johanna Auguste stirbt in diesem Jahr.

Es ist eine Zeit der Verluste für den Haushalt, eine Zeit der Veränderungen. Nach der Schlacht von Jena und Auerstedt am 14. Oktober 1806 sieht Weimar den Einmarsch der Franzosen. Fünf Tage später ehelicht Johann Wolfgang von Goethe Christiane Vulpius. Zwei Jahre darauf zieht Caroline Ulrich, auch Uli genannt, als Gesellschafterin Christianes am Frauenplan ein. Neben dem Schweizer Maler Heinrich Meyer, auch ‚Kunschtmeyer' genannt, der von 1791 bis 1802 dem Haushalt angehörte, ist sie wohl die Prominenteste in der Reihe der ‚Hausfreunde' am Frauenplan. Schnell wird sie geliebte ‚Haustochter', Schwester und/oder Schwarm für August und *„kleiner Secretär"* für Christiane und auch Johann Wolfgang. Uli hilft ihrer Freundin beim Verfassen ihrer Briefe, und aus dem ‚Ich', das an Goethe schreibt, wird nun sehr oft ein ‚Wir'.

Weimar, 19. Juni 1810
Lieber, bester Geheimerath,
Dein lieber eigenhändiger Brief nebst dem schönen Shawl hat mich ganz glücklich gemacht, denn so einen liebenswürdigen, schönen Shawl habe ich, so lange ich lebe, nicht gehabt; auch das kleine Tüchelchen ist ganz vortrefflich. Ich und Caroline haben beim Auspacken unsere Freude so laut werden lassen, daß August um Ruhe bitten mußte, damit er ins Postbuch quitiren konnte; er kam den 18. an und kostet ohngefähr 19 Groschen Porto. [...] Unsere Tanzstunden setzen wir recht ordentlich fort, und aus der letzten Tanzstunde bei uns wurde ein kleiner Ball, wo von den Personen hier ein Zettelchen folgt, sowohl Zuschauer als auch Tanzende; und ich wurde genöthigt, ihnen etwas Kaltes aufschneiden zu lassen, worüber sich denn die Kinder ungemein freuten, und wir waren von vier Uhr bis halb Elf zusammen; die Comteß Egloffstein war die letzte beim Scheiden. Jetzt sind wir beschäftigt, sowohl unsern Putz zum Vogelschießen, welches heute seinen Anfang nimmt, zu ordnen, als auch zu den Festlichkeiten die nun kommen sollen. [...] August ist sehr vergnügt und wünscht von Deiner Güte,

wenn es möglich ist, so ein Stück, wie Carolinens Tüchelchen ist, zu einer Weste zu haben. Da wir jetzt schreiben, so überläßt er uns, alles Dir zu melden.

Weimar, den 3. Juli 1810
Lieber Geheimerath,
Daß wir Dir nichts von der Ankunft der Trüffeln und Schwämme gemeldet haben, worüber ich mich sehr gefreut, war bloß die Ankunft des Shawls und Tüchelchens Schuld, weil beides zugleich ankam, und ich und Caroline waren für Freude keine Menschen, ich habe nicht leicht etwas so lieb gehabt als diesen Shawl, und da wirst Du wohl verzeihen. [...] August hat sich bei seinem Hiersein in Weimar recht gut benommen, so daß man allgemein mit ihm zufrieden ist. Unsere Tanzübungen, an welchen August auch manchmal Theil genommen, gehen bis den Tag vor meiner Abreise fort. Ich und Caroline [...] haben auf dem letzten Ressource-Ball auch mit vier eingelernten Tänzern eine sehr schöne Quadrille getanzt, welche sich nicht wie andere mit Ronde [?] anfängt und auch nicht so endigt; wir hatten sehr viele Zuschauer, und sie hat allgemein gefallen. [...] Caroline ihr Gedicht hatte mein Bruder gemacht, und ich muß, ohne ihn zu rühmen, sagen, daß es das beste war. Wir heben alles auf, um Dir es zu zeigen. Es ist auch allgemein gelobt worden; der hat überhaut viel dichten müssen, er hat auch das Gedicht für die [...] Bauern-Hochzeit machen müssen. Ich habe sie noch nicht gesehen, sie sollen aber in ihrer Art sehr gut sein.

Lauchstädt, 18. Juli 1810
Es fängt hier an, recht brillant zu werden. Wir haben vier Tage hintereinander getanzt, und die größten Feste des Jubiläums stehen uns noch bevor, welches künftigen Montag gefeiert wird, wo alle Badegäste [im Kurbad Lauchstädt] mit in die Kirche ziehen, und die Damen sich alle weiß und blau kleiden. Carolinen gefällt es hier sehr gut, und mir bekommt das Baden und Tanzen beides außerordenlich gut. Je mehr Bewegung ich habe, desto besser befinde ich mich. [...] Meinen Geburtstag werde ich wohl noch in Lauchstädt feiern. Den 12. Juli [den Tag der

ersten Begegnung] habe ich mit Carolinen zu Hause gefeiert; wir haben des Morgens von Deiner guten Chocolade getrunken, des Mitttags speisten wir im Salon, wo es sich gerade so traf, daß uns die beiden Grafen von Schulenburg mit Champagner, worin sich Eis befand, regalirten, und so tranken wir beide im Stillen Deine Gesundheit; und des Abends waren wir allein und haben Dich hoch leben lassen.

Lauchstädt, 24. Juli 1810
Gestern sind Freund [?] Bülow und der schöne Schmidt mit seinem Bruder angekommen, welches uns auch nicht wenig gefallen hat. Schreib mir doch, ob Du von August aus Jena einen Brief bekommen hast, der Dämmerfürst hat mir bloß durch seine Freunde einige Grüße bringen lassen, aber weiter nichts. Schmidt sagte mir aber zu meiner Freude, er sei ungeheuer fleißig. […] Die Schreiberin [Caroline Ulrich] empfiehlt sich unterthänig.

Weimar, den 25. August 1814.
Das Wetter war sehr schlecht; wir tranken den Kaffee in der Königin Oborea. Es kamen viele Herren aus Weimar; und als acht bis neun Paar haben wir uns recht gut amüsirt. Jetzt wird sehr viel eingemacht und alles vor den Winter vorbereitet. Schreib uns nur recht bald, wann Du ohngefähr zu kommen denkst. Leb wohl, ich bin wie immer Dein, so lange ich lebe. Uli legt sich Ew. Exzellenz zu Füßen und wünscht nichts mehr, als bald ihr Amt wieder als Secretär anzutreten.

Über die Jahre bauen sich Goethe und seine Frau eine Familie und einen Freundeskreis auf, nicht zuletzt als eine Art Bollwerk gegen die Ablehnung, auf die ihre Beziehung immer wieder stößt. Ein Beispiel für diese teils offene, teils verdeckte Feindseligkeit findet sich in einem Brief von Clara Kestner, Tochter von Goethes Jugendliebe Charlotte Buff. Er ist während eines Besuchs in Weimar und nur wenige Monate nach Christianes Tod verfasst: *„Auch Göthens und seiner Frau Büste steht* [im Gartenzimmer am Frauenplan], *von der wir abscheuliche*

Christiane Vulpius im Jägerhaus.
Zeichnung von Johann Heinrich Lips, 1791

Dinge hören mit denen ich mein Papier nicht beflecken werde, Gottlob daß sie todt ist, und doch, sollte man es glauben, ehrt er ihr Andenken mit Rührung." (Bäumer, S. 135) Dass sich hier jemand, der Christiane gar nicht und ihren Mann kaum kennt, ein Urteil über die Beziehung der beiden erlaubt, ist kein Einzelfall. Vor allem Goethes Zuneigung für diese Frau wird als ein bizarres, nicht nachvollziehbares und recht anstößiges Kuriosum betrachtet. *„Goethe schätzte und liebte wirklich seine Frau"*, hält Friedrich Riemer, Goethes Sekretär und seit 1814 Ulis Mann, dagegen (Riemer, S. 166). Er schwärmt sogar von einem Zustand, *„der, auf der freien Liebe und Hingebung beruhend, bei sittlichen Wesen von selbst in diejenige feste Treue und dauernde Freundschaft übergeht, welche die gesetzlich vollzogenen Verbindung zwar parfümiert, aber nicht zu garantieren vermag"* (Riemer, S. 163). Johann Wolfgang selbst endet den letzten überlieferten Brief an seine Frau mit Worten, die für sich sprechen: *„Lebe recht wohl und liebe mich. Verlangend, Dich wiederzusehen, die besten Wünsche. G."*

Christiane ihrerseits bleibt bis zum Schluss immer gleich liebevoll. Spätere Briefe mögen sich weniger überschwänglich lesen als die der ersten 15 Jahre, was aber genauso gut daran liegen kann, dass die ab 1810 erhaltenen Briefe Christianes oft einem Sekretär diktiert wurden – und das war nicht nur die ‚kleine Schwester' Caroline Ulrich. Gerade nach deren Heirat bediente sich Christiane oft der männlichen Sekretäre ihres Gatten, gegenüber denen sie sich nicht immer so offen und unverblümt verhalten haben mag, wie wir es von ihr in jüngeren Jahren gewohnt sind. Und doch bricht sich die Liebe, wenn nicht sogar Leidenschaft immer wieder Bahn: *„So wie ich mich dieses Mal auf Dich freue, läßt sich nicht beschreiben, ich darf mir es gar nicht denken"*, schreibt sie etwa am 26. September 1814 an ihren Johann Wolfgang. Ihr letzter Brief vom 22. Mai 1816 endet mit den Worten: *„Nun lebe wohl und gedenke mein"* – und mit einem Bericht über den Mangel an Champagner im Keller. Christiane von Goethe stirbt am 6. Juni 1816. Dieses Kapitel beschließen sollen einige ihrer schönsten Liebeserklärungen an Goethe über den Lauf ihrer 28 Jahre langen Beziehung:

Weimar, Ende Juni 1793
Nun wollte ich Dir nur sagen, daß Du mich hübsch lieb behältst und mannichmal an mich denkest, mir kömmst Du nicht aus den Gedanken. Ich bin immer betrübt, ich habe es Dir nicht schreiben wollen, aber seit Du weg bist, kann ich mich über nichts recht freuen. Leb wohl und denke an mich, ich liebe Dich über alles.

Weimar, Mitte Juli 1793
Daß Dir meine Briefe Freude machen, macht mich recht glücklich, und da will ich Dir recht oft schreiben. Und Du bist auch recht gut, daß Du mir so oft schriebest. Ich danke Dir von ganzem Herzen vor Deine lieben Briefe, die trösten mich noch. Daß es sehr traurig bei Dir [im Feldlager] aussieht, kann ich mir denken, ich denke immer an Dich und an das alles, man wird beinahe hier nicht frohe. Mein einziger Wunsch ist nur, wenn Du nur hier wärst. Wir wollen uns nur recht lieb behalten, das ist noch das Beste auf der Welt, und wenn mir wieder zusammen sind, uns es einander recht oft sagen, wie hübsch es ist, einander treu zu sein.

Weimar, 19./20. April 1795
Mir wird die Zeit sehr lang. Ich wollte, ich wär noch bei Dir, ohne Dich ist doch alles nichts.

Weimar, 14./18. Mai 1796
Ich will zu Dir kommen, mein Lieber, ich wünsche recht herzlich, Dich wiederzusehen, und bei dem schönen Wetter bringe ich Dir vielleicht Lust zu dem Roman mit.

Weimar, 21. Februar 1797
Stell Dir vor, wie lieb Dich Deine beiden Hasen [Christiane und August] haben: wie Du in Kötschau von uns weg warst, gingen mir raus und sahen auf dem Berg Deine Kutsche fahren, da fingen mir alle beide eins an zu heulen und sagten beide, es war uns so wunderlich. […]
Leb wohl und behalt lieb Dein kleines Naturwesen.

Weimar, 25. Februar 1797
Ich denk, es geht mir, seit ich mit dem Schatz bin, alles zum Guten aus, so wird es da auch so gehen. Der gute Schatz macht mich so oft mit allerlei glücklich, daß ich doch auch einmal zu Deiner Glückseligkeit etwas beitragen muß, und das besteht in Schwarzwurzeln, die hier folgen.

Hanau, 7. August 1797
Ich will Dir durch Deinen Geist nur ein paar Worte sagen. Ganz zufrieden bin ich freilich nicht, daß Du, mein Lieber, nicht bei mir bist, ich will mich aber recht gut aufführen und nicht gramseln und mir nur immer denken, wie lieb Du mich hast, und wie gut Du es mit mir meinst. Ich danke Dir noch vor alle Liebe und Güte. Ich bin nur zufrieden, wenn ich mir denke, daß der gute Schatz bei der lieben Frau Rath ist, wo es Dir gut geht. Empfiehl mich ja noch vielmal, und ich will ihr von Weimar schreiben.
Leb wohl. In Eile.

Weimar, 25. November 1799
Ich bin nur zufrieden, daß es Dir so gut geht und Du wohl bist. Ich weiß, wenn Du fertig bist, kommst Du wieder zu Deinem Schatz, der Dich unaussprechlich liebt. Und dann wollen wir den Winter wieder sehr vergnügt sein und uns recht lieb haben.

Weimar, zwischen dem 3. und 7. Dezember 1799
Lieber Schatz, ich erwarte Dich sehnlich, ich habe so viel mit Dir zu sprechen, zu reden und zu überlegen. Wenn ich vier Wochen ohne Dich bin, nachhero will es nicht mehr gehen. Geist soll Folgendes nicht vergessen mir mitzubringen oder zu schicken: die 2 großen Schachteln, die Nößel-Bouteille und die Kartoffeln. Leb wohl und behalte mich lieb.

Weimar, 13. September 1800
Lieber, bester Schatz, ich kann Dir weiter nichts schreiben, als daß ich Dich recht von ganzem Herzen liebe und recht fleißig bin. Habe mich nur auch so lieb wie ich Dich. Leb wohl.

Weimar, 15. März 1802
Sonst geht es mir recht wohl, ich freue mich, Dich bald wiederzusehen und Dir sagen zu können, wie lieb ich Dich habe. Leb wohl und denke auch bei den Äuglichen mannichmal an Deinen Haus-Schatz.

Weimar, 14. Dezember 1803
Ich bin recht vergnügt und glücklich, daß ich wieder einmal Deine Gedanken errathen habe. Der Herr Hofkammerrath wollte mich übereilen, aber ich überlegte; und es ist ihm gewiß nicht recht gewesen. Ich bekümmre mich aber um niemand, wenn ich nur Dir recht thue.

Lauchstädt, 11. Juli 1810
Alles vom Theater empfiehlt sich Dir, besonders [unleserlicher Name] und ihr Mann, so auch Wolff, welcher mir sagt, daß er nächstens an Dich schreiben wird. Ich bin heute mit ihm […] spazieren gegangen, und da haben wir viel von Dir gesprochen. Wenn ich nur manchmal so ein Stündchen könnte bei Dir sein, dieses ist mein Wunsch.
Nun lebe wohl und denke mein.

Lauchstädt, 18. Juli 1810
Ich freue mich nur sehr, daß Dir das Wasser so gut bekommt; und so gern als ich Dich wieder bei mir sehe, so wünsche ich doch, daß Du es brauchst [so lange] als es geht. Denn ich hoffe, daß wir noch einen schönen Herbst zusammen in Weimar zubringen wollen, wo Du im Häuschen alles wieder aufgeputzt und sauber finden sollst. […]

Weiter weiß ich Dir heute nichts zu sagen, als daß ich wünsche, daß [Du] recht gesund zurückekommen mögest, und daß Du mich lieb behältst, so lieb wie ich Dich.

Weimar, 5. September 1815
Ich war in Berka, wo es auch recht schön ist und Dich alles herwünscht. So ein Herbsttag, wie wir sie jetzt haben, kann doppelt schön in Berka genossen werden. Doch in Frankfurt mag es nicht minder schön sein. Ich wünsche mich vielmal im

Stillen hin; denn da wir uns so lange nicht gesehen haben, ist das Verlangen nach Deiner Nähe umso stärker.

Weimar, 14. September 1815
Das Liebste zu hören ist, daß Du so vergnügt und wohl bist, und ich will mich nun gern wegen Deiner verspäteten Zurückkunft zu trösten suchen [...]. Soeben fuhr Frau von Heygendorf [Karoline Jagemann] mit 4 Pferden bei mir vorbei, und ich kann nicht leugnen, daß in mir der geheime Wunsch, mitreisen zu können, lebhaft wurde, denn die Schweiz und Mailand mag gewiß sehenswerth genug sein. Wäre ich doch nur erst ganz wieder hergestellt und wohl, dann würde ich die Erfüllung des Wunsches, auch noch einmal mit Dir solch eine Reise zu machen, für viel ausführbarer halten; doch für jetzt will ich erst sehen, ob ich noch ein paar Tage nach Jena gehen kann. [...]
Nun lebe wohl und glücklich, da bin ich zufrieden. Deine
C. v. Goethe

KAPITEL 2

Garten- und Abenteuergeschichten

„Wenn Du nur wiederkömmst, wenn noch schöne Tage sind, daß wir noch mannichmal im Garten am Hause schlampampsen können, da freue ich mich darauf.“
(Christiane Vulpius an Goethe, Juli 1793)

Lange Zeit – und in gewisser Weise bis zum Schluss – ist Christianes Reich Haus, Herd und Garten. Hat Johann Wolfgang sein Unterwegssein, seine Weltenbummelei, den dichterischen Rückzugsort Jena, aber auch seine oft lästigen repräsentativen Pflichten als Minister des Weimarer Hofs, so lässt sich Christiane in dem ‚Daheim', das sie ihm bereitet, im wahrsten Sinne des Wortes häuslich nieder: „[M]*ein Kämmerchen ist fertig und künftige Woche werde ich in Ordnung kommen; ich komme nicht viel weg, es gibt immer im Hause herum zu gräbeln, ich sehne mich auch nicht aus dem Hause.*“ (7. Juni 1793) Haus und Garten sind und bleiben das Zentrum ihres Lebens, nicht nur, weil ‚die Welt da draußen' in Form der Weimarer Bürger und Adligen ihr nicht gerade wohlgesonnen ist, sondern auch, weil Christiane sich dieses Reich zu ihrem eigenen erkürt. Sie schafft und *„gräbelt“* im Anwesen am Frauenplan, in das der Haushalt 1792 endgültig einzieht, im dazugehörigen Garten, den sie aufbaut und gestaltet, und im *„alten Garten“* im Park an der Ilm, der vermutlich die Anfänge der Liebesbeziehung zwischen ihr und Johann Wolfgang sah.

Die Gärten und ein zusätzliches Krautland versorgen den Haushalt und seine vielen Gäste, aber sie sind nicht nur ein Ort der Arbeit. Hier treffen sich Johann Wolfgangs ‚Draußen' und Christianes ‚Drinnen'. Beide lieben Kulinarisches und Botanisches gleichermaßen. Die bewusst angelegten Gärten sind bevorzugte Orte für die Stelldicheins der sonst so unterschiedlichen Gefährten. *„Lieber, ich freue mich, Dich bei mir zu* *sehen; komm nur bald, Du kannst ja zum Garten neinkommen*", schreibt Christiane am 22. Juni 1798. Fünf Jahre zuvor heißt es:

Weimar, 14. Juni 1793

Ich und der Kleine lieben Dich herzlich, der Kleine redet immer von Dir und lernt sehr fleißig sein a b c, das deutsche und lateinsche. Wenn Du nur unsern Garten sehen sollst, er ist schön, daß man sich gar nicht heraus sehnet. Ach Gott, wenn die schöne Tage erst wieder kommen, wo wir zusammen drin herumgehen, alsdenn will ich mich recht freuen.

Der Garten ist ein bevorzugtes Thema in Christianes Briefen. Die Arbeit dort macht einen großen Teil ihres Alltags aus. Sie ist eine Frau, die anpackt. Und vielleicht ist ihre Liebe für den Garten auch bezeichnend für ihren Charakter: Ihre Gärten sind nützlich, aber auch schön. Harte Arbeit und großes Vergnügen treffen sich hier; für Christiane gehört beides zusammen, auch wenn sie sich schon einmal über die unentwegte Sisyphos-Arbeit beschwert. In den Gärten findet sie ihren Ausgleich, manchmal scheint es, als seien sie ihr bevorzugter Aufenthaltsort. Aber nicht, um dort müßigzugehen – dies bleibt wohl der gemeinsamen Zeit mit ihrem Schatz vorbehalten –, sondern um durch das Tätig-Sein und die Freude am Wachsen der Nutz- und Zierpflanzen neue Energie zu tanken.

Weimar, 24. (?) Mai 1793

Mein Lieber, Du erhältst nun schon den 2. Brief von mir, und ich habe noch keine von Dir, das betrübt mich; übermorgen ist es doch schon 14 Tagen, daß Du weg bist. Aber freuen wirst Du Dich, wenn ich Dir sage, daß ich heute vor 8 Tagen gesund und wohl mit dem Kleinen zurückgekommen bin. Er ist recht wohl. Das war eine Freude, wie die beiden Kinder den Schloßthurm wieder erblickten! Da schrie der Kleine: „Mutter! da ist ja Weimar, nu bin ich froh, da komm ich beis Väterchen." Denn er glaubt, Du müßtest da sein. Und bin auch froh, daß ich wieder da bin, es ist doch nie nirgends besser als zu Hause, in unserm Häusechen, nur Du fehlst mir, alsdenn wär ich sehr glücklich. Aber meine Schwester kam mir mit der schönen Nachricht entgegen, daß Du bald wiederkämst, da will ich auch recht ruhig sein. Mit der Arbeit im Hause geht es sehr geschwinde; ich habe mich gewundert, wie ich wiederkam, daß so viel fertig war. Mit den Garten und Acker geht es auch gut, im Hausgarten ist es sehr angenehm, ich komme nicht heraus; wir haben heuer einen Vauxhall mit Janitscharen-Musik, das hört man in unserm Garten ganz herrlich, aber noch besser in meinem kleinen Hinter-Stübchen, da ist es, als ob es vor einem wäre.

Weimar, 17./18. Juni 1793
Im Hause gibt es immer zu thun, heut und gestern sind die Öfen in Ordnung gebracht worden. In Gärten und auf dem Lande ist alles gepflanzt und zurechte. Aber diese Woche habe ich auch eine große Betrübniß gehabt, ich hatt die Gurken so schöne gewartet und gegossen. Schicket der Hofgärtner vom Belvedere die Pflanzen vom Spargel, und die müssen gar tief mit einem Graben gepflanzet werden, und da gingen die Gurken beinahe alle zu Grunde, so daß ich habe frische legen müssen, ich weiß aber nicht, ob etwas daraus wird. Du sagtest es dem Gärtner gleich, aber der wollte es besser wissen. Der Hofgärtner hat sie selbst pflanzen lassen. Das muß unser Gärtner übelgenommen haben, denn er hat sich nicht wieder sehen lassen.

Weimar, Ende Juni 1793
Im Garten geht alles mit den Pflanzen gut, nur der Gärtner und der Hofgärtner von Belvedere sind nicht einig wegen dem Spargel, und die jungen Bäume hat gewiß unser Gärtner nicht tief genug gepflanzet. Deßwegen kömmt morgen der Hofgärtner von Belvedere herunter und hat unsern Gärtner auch bestellt. Darein lege ich mich aber nicht, das mögen sie selbst ausmachen. Viel wird dieß Jahr mit Gemüse und Einmachen nicht werden, wenn mir keine bessere Witterung bekommen, es ist so kalt, daß gar nichts wachsen kann.

Weimar, den 19. Juli 1793
Heute habe ich zum ersten Mal aus dem alten Garten Kirschkuchen gebacken, und aus dem Garten im Hause habe ich schon einmal Kohlrabi und 2 mal Artischocken gegessen. Mit dem Gärtner geht auch alles gut, ich habe alles wieder in Ordnung gebracht; mit Leuten, die gut sind, muß man nur vernünftig reden, so geht es alles gut. Denn es war nur ein Hetzer unter die Menschen gekommen, wie es oft geschieht.

Weimar, 20. Februar 1796
Alleweile komm ich wegen des übelen Wetters ganz müde vom Krautland zurück und bin mit der Lage sehr zufrieden, es liegt ganz an der Lotte, nicht weit von Knebels Garten, mir gefällt es sehr. [...] Und wenn Du wiederkömmst, wollen mir zusammen hin gehen. Es wird Dir gewiß gefallen. Du bist doch wohl? Daß es mit dem Essen schlecht gehet, thut mir sehr leid. Wenn ich Dir nur kochen könnte! Das arme Bübchen ist sehr krank gewesen, aber heute ist er doch wieder außer Bette, er hatte sich sehr stark verkältet. Er hat mir nicht Ruhe gelassen, ich solle es dem Väterchen schreiben. Du brauchst Dir aber keine Sorgen zu machen, denn er ist heute wieder ganz munter und will wieder illuminiren. Er freut sich, das Väterchen abzuholen. Wegen des Hauses kannst Du ohne Sorge sein. Das Schlüsselchen habe ich, sobald Du weg warst, zu mir genommen.

Itzo bin ich fleißig und bringe wieder alles in Ordnung und freue mich, Dich bald wieder zu sehen, denn ohne Schatz will mir es in dem Hause gar nicht gefallen.

Weimar, 25. September 1797
Lieber Schatz,
von Tübingen habe ich 2 Briefe von Dir erhalten und danke Dir herzlich dafür, daß Du doch immer an mich denkest. Den halben August habe ich sehr betrübt zugebracht, was ich, wenn Du wieder zurückkommst, erzählen will, und sehr viele schlaflose Nacht wegen dem [kranken] Gustel. Itzo ist er aber ganz außer Gefahr. Und ich habe mich seither mit dem Obstabnehmen im alten Garten und mit dem Krautland beschäftigt, und ich

bin mit beiden sehr zufrieden. Ich habe 15 Körbe Kartoffeln gebaut. Dieses macht mich wieder etwas heiter. [...] Daß Du, mein Lieber aber meine Briefe noch nicht hast, betrübt mich sehr, ich habe [jede] Woche geschrieben, ich wollte aber lieber, Du wärst hier. Ich will nicht gramseln; aber ich weiß nicht, es ist mir dießmal, als wär mir es [un]möglich, länger ohne Dich zu leben. Ich bitte herziglich, komm bald und laß mich bald von Dir hören, daß [Du] zurückkommst. Es ist diese Zeit sehr betrübt gegangen, mein einziger Wunsch ist, Dich bald wieder bei mir zu sehen und Dich an mein Herz zu drücken. Leb wohl und grüße Meyern auf das beste.

Weimar, 30. Mai 1798
Das Wetter scheint besser zu werden, und Du wirst Deinen Pyrmonter besser trinken können, und mit der Arbeit wird es auch schon gehen. Mit Deiner Arbeit ist es schön: was Du einmal gemacht hast, bleibt ewig; aber mit uns armen Schembhuden ist es ganz anders. Ich hatte den Hausgarten sehr in Ordnung, gepflanzt und alles. In Einer Nacht haben mir die Schnecken beinahe alles aufgefressen, meine schöne Gurken sind fast alle weg, und ich muß wieder von vorne anfangen. [...] Doch was hilft es? ich will es wieder machen; man hat ja nichts ohne Mühe. Es soll mir meinen guten Humor nicht verderben.

Weimar, 23./24. Juni 1801
Ich hoffe recht sehnlich auf einen Brief von Dir, um zu hören, daß Du Dich mit dem guten Kinde [August, gemeinsam mit dem Vater in Göttingen] wohlbefindest. Ich bin ganz wohl, aber so ganz ohne das zu sein, was man herzlich liebt, will mi gar nicht behagen, und bei aller Zerstreuung, die ich mir mache, ist doch immer, als wenn mir das beste fehlte. [...] Ich bin auch am Sonntag vor 14 Tagen in Jena gewesen, in der Trießnitz, da war es recht schön.

Auch in Erfurt waren wir recht vergnügt.

Und in [den] Gärten ist alles in der größten Ordnung; und mit meiner Viehzucht bin ich recht wohl zufrieden und füttre alles selbst, damit ich Dich, wenn Du wiederkömmst, auf das beste damit regaliren kann. [...] Sage ja dem Gustel, daß er mir auch etwas schreibt. Neues ist bei uns nichts Merkwürdiges vorgefallen.

Weimar, den 3. Juli 1801
Es geht mir, mein Lieber, itzo wieder ganz leidlich, aber 8 Tage war ich recht krank und wußte doch nicht, was mir fehlte. Ich glaube, es war Sehnsucht nach Dir und dem guten Kinde. Man sollte sich eigentlich gar nicht von dem, was man recht liebt, trennen. Und doch kann man nicht immer beisammen sein. [...] Heute ist es nun schon 4 Wochen, daß Du weg bist; mir ist es aber, als wär es ein Vierteljahr. Du wirst aber mit meinen Gartenarbeiten und neuen Spargelanlagen recht zufrieden sein. Ich betrübe mich nur, daß Gustel die Erdbeeren nicht gesehen hat; aber er kriegt gewiß noch welche, denn sie hängen noch recht voll. Auch die frühe Birn, denke ich, soll nicht ehr, bis er kömmt, reif werden. Und sein Feigenbaum hat 2 reife Feigen. Adieu, Lieber. Leb recht wohl und behalt mich lieb[.] Grüße August herzlich.
C. V.

Weimar, 5. August 1801
Das Wetter ist hier bei uns auch so, alle Tage Regen und Gewitter, großes Wasser haben wir gehabt, auch Überschwemmung. Aber bei uns, sowohl in [den] Gärten als auf dem Krautlande, hat es keinen Schaden gethan. Du wirst Dich recht mit mir über alles freun; ich kann es kaum erwarten, bis ich wieder mit Dir herumspazier. Und auf Cassel freu ich mich auch recht sehr. Gutes Wetter werden mir gewiß haben, denn ich bin sehr fromm gewesen. Auf den lieben August freu ich mich auch sehr, grüße ihn herzlich und sage ihm, daß er auch etwas Schönes von mir bekäm. Er soll nur recht brav sein und seinem lieben Vater folgen.

Von allerhand Auglichen kann ich Dir auch erzählen, aber ich habe dießmal auch kein einziges gemacht.

Weimar, 28. April 1802
Ich befinde mich leidlich wohl, bin aber sehr fleißig. Gestern bin ich den ganzen Tag auf dem Krautland gewesen und habe Kartoffeln und Türkisch Korn gelegt, und heute Morgen bin ich schon wieder um 6 Uhr in den alten Garten gegangen und habe da auch Kartoffeln gelegt. Es gibt nun sehr viel in beiden Gärten zu thun. Bei uns hat es heute schon recht gedonnert, und ich denke doch, daß wir nunmehro keine Nachtfröste mehr kriegen werden. Wenn es so bleibet, wie es itzo aussieht, so können wir ein rechtes gutes Obst-Jahr haben. Leb wohl in größter Eile.

Weimar, 1. Mai 1802
Ich bin recht fleißig im alten Garten und freu mich sehr über die Baumblüthe; denn wenn es so bleibt, als es aussieht, so kriegen wir dieß Jahr Obst, daß wir nicht wissen, wohin damit. Das macht mich schon recht glücklich, und ich mache schon Rechnung wie das Milch-Mädchen. Auf den Mittewoch werde ich doch hören, wenn Du kömmst? Komm ja die nächste Woche, damit Du noch etwas von der Baumblüthe zu sehen kriegest; im obern Garten ist es ganz prächtig. Leb wohl. Ich freu mich schon, Dich bald wiederzusehen.

Weimar, 24. Mai 1810
Lieber Geheimerath,
Dein lieber Brief hat mich recht aufgeheitert, weil ich daraus ersehe, daß Du recht wohl und vergnügt angekommen bist. Ich habe meine Recepte wiedergefunden [...]. Wir haben hier sehr schönes, fruchtbares Wetter, und ich bin jetzt dabei, Krautland und Garten, alles zupflanzen zu lassen, um, wenn Du wieder zurückkömmst, Dir meine schöne Ernte von allem zeigen zu können. Auch blühen dieses Jahr alle Obstbäume in unserm Garten so schön, als ich es lange Zeit nicht gesehen habe, und der Garten und Gartenhaus ist unser beständiger Aufenthalt. Neues wissen wir weiter gar nichts zu sagen, und wir empfehlen uns ferner Deiner Liebe und Güte. Gleich nach der Rückkehr von Jena bekam ich einen Besuch von einem Meerweibchen und befand mich auch gleich besser und zufriedener.

Weimar, 6. Juni 1810
Du wünschtest gleich auf Deinen vorigen Brief Antwort. Ich habe mich sehr gefreut, wieder so bald etwas von Dir zu hören; ich bekam ihn schon am dritten Juni, er ist also nur sieben Tage gegangen. Zwei Briefe sind nun schon von mir unterweges, dieses ist der dritte; wir wollen sie nummeriren, um zu sehen, ob sie alle ankommen. [...]

Du schreibst mir, daß es in Karlsbad Regenwetter gibt; dieß ist aber noch lange nicht so übel als bei uns, wo es drei Nächte hindurch Eis gefroren hat. Ich erfuhr in Jena, daß Bohnen, Gurken bei uns erfroren wären, und kaufte mir da alles wieder frisch. Wie ich ankam, sah ich, daß es doch beinah alles zur Hälfte erfroren war. Ich habe sie gleich eingeweicht und den anderen Tag die erfrorenen herausgezogen und wieder frische gelegt. Ich möchte nur wissen, wie es käme, daß sie nicht alle in einer Reihe erfroren wären, sondern nur einzelne. Dorthe [?], welche immer die Bedenklichkeit ist, hat in meiner Abwesenheit die Orangenbäume mit Tüchern behängt, und so sind sie gerettet; die aber im Park bei der Frau von Stein sind alle gelb, und in Belvedere hat man sie wieder ins Gewächshaus schaffen müssen. Allen Leuten sind beinah die Kartoffel erfroren; doch die meinigen, welche ich heute früh mit Carolinen besucht habe, sind so groß und stehen so schön, daß es würklich eine Freude ist, sie anzuschauen. Doch scheint es, als hätte der Türkische Waizen etwas gelitten. Heute fängt es an bei uns sehr schön zu werden, und ich finde es hier in meinem Häuschen recht vergnüglich und liebenswürdig.

Bis zum Schluss steht der Garten im Mittelpunkt der Beziehung Christiane – Johann Wolfgang. Noch in ihrem vorletzten Brief, verfasst nur wenige Wochen vor ihrem Tod, schildert Christiane ihrem Mann die Wunder des gemeinsamen Gartens:

Christiane mit ihrem Söhnchen August.
Aquarell von Heinrich Meyer, 1792

Weimar, 18. Mai 1816
Dein Garten steht gegenwärtig in seiner größten Pracht, und es macht wirklich verdrüßlich, daß die üble Witterung so wenig im Freien zu sein erlaubt. Die Äpfelbäume blühen in höchster Fülle, es steht Blüthe an Blüthe, die Rabatten vor Deinen Fenstern schmücken die schönsten gefüllten Tulipanen, deren schöne Farben die stolzen Kaiserkronen verdunkeln, und trotz der geringen Wärme und den kühlen Nächten reift doch alles der Vollkommenheit entgegen. Möge Dich die schöne Blüthe in Jena für diese Entbehrung reichlichst entschädigen.

Im Großen und Ganzen bleibt Christianes Leben auf ein ‚Drinnen' beschränkt. Aber ein ‚Stubenhocker' ist sie nicht. Der dänische Dichter und Ästhetikprofessor Adam Oehlenschläger erinnert sich: *„Frau Goethe war von einer raschen beweglichen Natur und hielt nicht viel von dem stillen Leben, das ihr Mann führte. ‚Der Herr Geheimrat und ich', – soll sie einmal gesagt haben – ‚wir sitzen immer und sehen einander an. Das wird am Ende langweilig'.“* (Gespr. II, S. 366) In dieser Hinsicht ist Christiane das Gegenteil von Johann Wolfgang, der seine Rückzugsorte braucht. Sie dagegen geht auf Bälle und ins Theater, macht Spaziergänge, Kutsch- und Schlittenfahrten, bei denen sie sich als wahrer Wildfang erweist:

Weimar, 20. Januar 1802
Der Schnee geht leider hier auch fort, aber ich habe mir die paar Tage noch große Freude gemacht: der Kutscher hat mir das Fähren gelernt, und ich habe selbst gefahren. Gestern habe ich mich ganz allein in Schlitten gesetzt und gefahren, und der Kutscher hat hinten darauf gestanden und mit einer rechten großen Karbatsche geklatscht, und ich bin in der Stadt durch alle Gassen und um alle Ecken recht gut gefahren und habe mir großen Ruhm erworben. Der Herr von Hinzenstern und der Hauptmann Egloffstein, die haben

mich sehr gelobt. Wenn Du wiederkommst, und wir kriegen noch etwas Schnee, so mußt Du mir erlauben, daß ich Dich einmal fahren darf.

Furchtlos zeigt sie sich auch, wenn sie doch einmal in die ‚weite Welt hinaus' reist, sei es auf Kur in verschiedene Bäder oder – zweimal in ihrem Leben – nach Frankfurt. Unterwegs erlebt Christiane allerlei Abenteuer, die sie launig oder auch dramatisch erzählt, so etwa während ihrer Rückreise von Frankfurt 1797. Christiane hat dort die Mutter ihres Geliebten kennengelernt und ist nun alleine mit Kutscher und dem kleinen August auf dem Weg zurück nach Weimar:

Saalmünster, 8. August 1797

Saalmünster, Dienstag den 8. August, Mittag 12, im Gasthaus ‚zum Stern'.

Gestern in Hanau, wie Du weißt, ist mir nichts Merkwürdiges passiert, als daß ich habe sehr viel bezahlen müssen. Heute frühe in Rothenbergen kam das erste Schröcken auf der ganzen Reise: bei Rothenbergen, wo man nicht ausweichen kann, da kamen Fuhrleute, und es fiel ein Pferd und der ganze Kram wäre bald auf unsere Kutsche gefallen; aber es ging, Gott sei Dank, noch gut ab. Alsdenn kam aber ein lustig Abenteuer, das war Folgendes. Es hatten die Kaiserlichen Husaren exercirt, und mir mußten halten, daß sie vor uns vorbei konnten. Da kamen etliche von den Husaren-Officiers zu uns an den Wagen und unterhielten sich mit mir und fragten mich, wo ich her käme, wo ich hin wollte. Ich beantwortete alles mit der größten Hasigkeit und habe ihnen sehr dummes Zeug weißgemacht. Es wurde auch über die Pistolen gesprochen, die ich, da ich Soldaten kommen sahe, ein bißchen weiter als sonst herausgucken ließ. Sie waren gar nicht garstig; wär ich nicht so betrübt gewesen, daß Du nicht bei mir warst, es hätte gewiß ein bißchen Äuglichen gegeben; aber so ging es dießmal so ab.

Das Späßchen muß ich Dir einmal erzählen. Das Kind ist sehr brav und gut. Das Mittagessen war hier.

Den 8. Abends 8 Uhr in Neuhof. Der Kutscher kam nicht wieder. Wir sind sehr schlecht logirt und werden nicht viel zu essen haben. Das ganze Haus ist voll Kaiserliche Soldaten; ich bin mit meinen 2 Pistolen durch ein 50 Mann ins Haus gegangen, und es hat keiner gepiepst.

Mittag, den 9. August, Mittewoch, im Dorfe Rasdorf, eine Stunde von Buttlar, wo es wieder sehr schlecht ist. An was ich mich und das Bübchen erhole, ist der Wein, den ich im ›Weißen Schwan‹ habe mitgenommen, und Semmeln. Was hilfts? Man muß nur immer gutes Muths sein. Wir legen doch alle Tage ein gutes Stück Weg zurück. […]

Den 10. August, Mittag um 11 Uhr. Nun bin ich wieder in Eisenach im ›Halben Mond‹. […] Nach Tisch weiter. Wehe, denn es sieht mit meinem Gelde schlecht aus. Leb wohl, Lieber. Das Kind ist gar zu artig, aber ohne Dich reist sichs doch nicht gut. Die Reise ist sehr schön und gut, werde nur nicht über das Geld verdrüßlich. Wir können Gott danken, daß wir [sie] so glücklich gemacht haben. […]

Freitag, den 11. August, Mittag 3 Uhr in Weimar. Mir sind beide gesund und wohl angekommen und haben auch zu Hause alles in rechtem, gutem Stand gefunden. Das Kind läßt Dich und die liebe Groß-Mama grüßen. Und Du, Lieber, wirst mich bei der lieben Frau Rath auch entschuldigen, daß ich heute nicht schreibe. Ich bin heute von der Reise sehr echauffirt, daß mir diese paar Zeilen fürchterlich heiß machen. Leb wohl und behalt mich so lieb wie ich Dich.

Lauchstädt, 13. Juni 1803
Montag, Abends um 7 Uhr
In Buttstädt kamen wir an, aßen etwas Kaltes und waren sehr vergnügt. […] Um 12 Uhr gingen wir […] nach Hause, und es begegnete uns ein Abenteuer, wo sich unser Karl [Bediensteter der Familie] recht herzhaft bezeigt hat. Es kam nämlich der närrsche Creutzburg hinter uns drein mit einem großen Dolche unterm Rocke. Und als wir ins Haus waren, so kam er auch und wollte zu Lauterbach, und als der kam, wollte er ihn erstechen

und brachte den Dolch unter dem Rocke vor und wurde ganz wüthend. Karl aber verhinderte es; ich lief in mein Zimmer und schloß mich ein. Nun wollte er zu mir, und ich stand Todesangst aus. Am Ende brachte ihn Karl in Güte noch fort. Ich konnte aber vor Angst die ganze Nacht nicht schlafen, und halb 3 Uhr stand ich auf, weckete alles, um 5 Uhr fuhren wir fort, bekamen schönes Wetter, und es fiel nichts vor, und wir waren recht vergnügt. Als wir nach Schafstädt kamen, stieg ein sehr schöner Luftballon so hoch und weit, als ich noch keinen gesehen habe. Und um 4 Uhr waren wir in Lauchstädt. Der Weg war nicht zum besten, und wir sind sehr langsam gefahren, um den Pferden nichts zu Leide zu thun. Sie befinden sich auch recht wohl, und es schmeckt ihnen gar herrlich. Man vermuthete mich nicht, und die Silie [Petersilie Unzelmann, Schauspielerin und Freundin von Christiane] war nicht zu Hause. Und als sie kam, freute sie sich sehr. Ich packte aus, zog mein Reitkleidchen an, und als ich angezogen war, so erschienen die jungen Herrn vom Theater und bewillkommten mich alle.

Christianes größte Leidenschaft neben dem Theater ist das Tanzen. *„Ich mußte mir Schuhe kaufen, weil sie alle durchgetanzt sind“*, schreibt sie ihrem Mann einmal. Von den missgünstigen Weimarern wird ihr das, was sie selbst *„Huppen“* nennt, gern als *„Tanzwut“* angekreidet, wie Hans Gerhard Gräf es ausdrückt (Gräf E, S. XV). Doch Christiane lässt sich davon nicht beirren. Sie hat andere Freunde: alte Nachbarinnen und Arbeitskolleginnen, aber vor allem Schauspieler, die ähnlich am Rande der Gesellschaft stehen wie sie, die uneheliche Geliebte eines der angesehensten Männer Europas.

Ihre unbeschwerteste Zeit erlebt Christiane wohl während der ‚Sommerferien‘ – oder der Kur – die sie von 1803 regelmäßig im kleinen Bad Lauchstädt genießt. Umgeben von ihren Schauspieler-Freunden, die im kürzlich eröffneten Lauchstädter Theater Gastspiele geben, und von wohlmeinenden Auswärtigen, kann Christiane ihrer Ausgelassenheit freien Lauf lassen. *„Heute wird es überhaupt ein äußerst brillanter Tag“* – so oder

Ähnliches schreibt sie mehrfach aus Lauchstädt, wo es immer etwas zu erleben gibt.

Besonders brillant ist ihr erster dortiger Aufenthalt im Jahr 1803. Ohne Goethe, aber mit der oben erwähnten Freundin Silie, dem Diener Karl und einem Gespann Pferde an ihrer Seite, stürzt sich Christiane ins Sommerabenteuer, von dem sie Johann Wolfgang in langen, tagebuchartigen Briefen berichtet. *„Kurz, es gefällt mir höllisch"*, bringt sie ihre Lauchstädter Tage auf den Punkt.

Lauchstädt, 13. Juni 1803
Um 10 legten wir uns zu Bette, und um 11 Uhr bekamen wir wieder ein Ständchen, das gar nicht enden wollte; es wurden 9 Tänze gespielt, die ganz neu waren. Und so müde als man war, mußte man doch aufstehen und ein bißchen huppen. Und um 1 Uhr bekamen wir eins mit lauter Clarinetten und Flöten [...]. Ich bin sehr heiter und vergnügt; es ist mir, als hätte ich wieder ganz neues Leben bekommen. Und dieß danke ich alles Dir, Lieber, und werde ewig dankbar sein.

Lauchstädt, 20.–26. Juni 1803
Dienstag, den 21., waren wir in Halle. [...] Wir aßen im ‚Goldnen Löwen' und gingen nach Tische zu Niemeyers, wo wir sehr gut aufgenommen wurden. Ehlers und die Silie sangen, und wir kamen spät zurück. Den Mittewoch, den 22., wie ich frühe aufwachte, war ich sehr krank und wußte nicht, wovon. Ich hielt mich im Bette und curierte mich nach meiner Art mit Portwein. Und heute, den 23., frühe habe ich mir von dem Italiener einen Sardellensalat holen lassen, und bin wieder ganz wohl. [...]

Sonnabend, den [25.] [...] Nach der Komödie gingen wir in Salon, auch wurde zum ersten Mal getanzet; und speisten da und waren besonders lustig, und da man weiter nichts zu thun hat, so kann man sich Mühe geben, gut zu sprechen und vorher allerlei zu überlegen. Weil man schon allenfalls weiß, mit wem man in Gesellschaft kommt, so geht es mir itzo recht gut vom Munde, und ich muß oft der Silie mit durchhelfen. […]

Sonntag, den 26. […] Wir speisten im Salon, alsdann war ein sehr artiger Ball, wo ich einen rechten artigen Menschen aus Breslau habe kennen lernen, so ein Äuglichen von der ganz jungen Art. Aber er spricht sehr gut und unterhält mich immer, wenn die Silie zu thun hat, sehr gut.

Lauchstädt, 12. Juli 1803

Dienstag, den 12., frühe um 3 Uhr

Nach Tische gingen wir in die Allee, wo uns Herr von Nostitz und mehrere erwarteten und uns zum *Thé dansant* führten, wo es sehr schön war, und wo ich alles getanzet habe, was getanzt worden war, und wo ich auf der Stelle die neuen Schuhe durchgetanzt habe. Itzo habe ich 3 Tage hintereinander getanzet, und nun bin ich erst recht dabei. Gestern, habe ich nachher erfahren, hatte sich ein Graf vorgenommen, mich mit einer Quadrille recht müde zu machen, denn es wurde sehr rasch getanzet. Aber ich ward nicht einmal müde; und man spricht hier sehr viel von mir wegen des Tanzen, und ich glaube, die Comtessen haben mitunter doch eine kleine Boßheit auf mich, lassen sich aber nichts merken. Nach dem Ball mußte ich mich aber ganz umziehn, denn ich war wie aus dem Bade gezogen. […] Und der Herr Hofrath Schiller hatte auch kommen wollen, war aber auf dem Sopha eingeschlafen und kam nicht. […]

Ein Staat ist hier, und da muß man doch auch nur sehen, daß man ein bißchen reinlich aussieht. Es ist gut, daß Du nicht hier bist, denn es sind 3 Putzhändlerinnen hier; und wenn Du hier wärst, so würde gewiß allerlei gekauft. Ach Gott, es sind gar zu schöne Sachen, ich sehe gar nicht hin. Doch trotz alle dem Putz tanze ich mehr als die überputzten Damen und bin sehr lustig. […] Wenn ich aber zu Hause komm, wirst Du mich sehr schmal finden, denn alles ist mir zu weit; es ist von dem vielen Tanzen und Baden. Ich befinde mich aber außerordentlich wohl dabei. Aber zu Dir sehne ich mich recht herzlich, und meine Erzählung wird Dir gewiß Freude machen.

Auch zu Hause geht es zuweilen abenteuerlich zu. Christianes vielleicht größtes Abenteuer ist weder in ihren eigenen Worten noch von irgendjemand anderen, der dabei war, überliefert. Es findet in der Nacht vom 14. auf den 15. Oktober 1806 statt. Die Preußen haben die Schlacht vor Jena und Auerstedt verloren, die siegreichen Franzosen fallen in Weimar ein. Es wird gebrandschatzt und geplündert, viele Bürger, wie etwa Christianes Bruder Christian August, verlieren alles. *„Meine Schwester (die wie Sie wissen werden, am 19ten mit dem Hrn. Geheime R. v. Göthe getraut wurde,) ist jetzt auch kränklich geworden, denn dort im Haus ist zwar nicht geplündert worden, aber es kostete ihm über 2000 rh. u welche Verlegenheiten und Aengstlichkeiten! Sie haben mir mit Gelde geholfen, sonst hätte ich nichts.“* (Begeg. VI, S. 162) In der fraglichen Nacht aber soll Christiane Vulpius weder kränklich noch ängstlich gewesen sein. Der Legende nach – denn so muss man die Geschichten über das Geschehen bezeichnen – stellte sie sich todesverachtend den französischen Marodeuren entgegen, die Goethe bedrohten. Es gelang ihr, die Soldaten mit ihrer Präsenz solange im Zaum zu halten, bis Hilfe erschien und den Männern Einhalt geboten wurde.

Goethe verdankt Christiane Vulpius demnach vielleicht sein Leben, vor allem aber die Unversehrtheit seiner Manuskripte. Das Gerücht, er hätte sie vornehmlich deswegen geehelicht, hält sich hartnäckig. Manche finden es wohlgetan, andere geschmacklos. Die *Allgemeine Zeitung* berichtet halb süffisant, halb gönnerhaft: *„Göthe ließ sich unter dem Kanonendonner der Schlacht mit seiner vieljährigen Haushälterin, Dlle Vulpius, trauen, und so zog sie allein einen Treffer, während viele tausend Nieten fielen. Nur der Ununterrichtete kann darüber lächeln. Es war sehr brav von Göthe, der nichts auf gewöhnlichem Wege thut.“* (25. November 1806) Goethe verbittet sich solches Gerede zurecht. Was ihn und Christiane Vulpius zu guter Letzt dazu bewog, aus der wilden Ehe eine gesetzlich anerkannte zu machen, wissen nur sie. Es ist aber durchaus denkbar, dass Goethe in der unsicheren Kriegszeit seinen unkonventionellen ‚Gegenentwurf‘ zur Gesellschaft gegen eine größere Sicherheit für Frau und Sohn eintauschte. Die Zeit der Rebellion ist zu Ende.

Eine interessante zeitgenössische Interpretation des Geschehens liefert der von Goethe sehr geschätzte Dichter und Übersetzer Johann Heinrich Voß in einem Brief an den Philologen Bernhard Rudolf Abeken vom 26. April 1807: *„Du willst von Göthes Heirat wissen? Sie scheint mit die Frucht von s. damaligen Gefühl gewesen zu sein, daß auf Erden eine allgemeine Gleichheit eingetreten sei. Er dachte wohl zunächst an den möglichen Wechsel der Dinge, u. wünschte die versorgt, der er doch so viele Verbindlichkeiten schuldig ist. Die Vulpius mag sein was sie will, für Göthe hat sie von je her mit beispielloser Treue gewacht.* […] *Mir war es rührend, wie Göthe am 2ten Abend nach der Schlacht, als wir um ihn versammelt waren, der Vulpius für ihre Treue in diesen unruhigen Tagen dankte und mit den Worten schloß: ‚so Gott Will, sind wir Morgen Mittag Mann und Frau.' – Und welchen Zeitpunkt könnte Göthe bequemer wählen, das zu thun, was er schon lange hat thun wollen, als zu einer Zeit, wo die StadtFama mit viel wichtigeren Dingen beschäftiget war, als auf eine solche Kleinigkeit zu merken.“* (Begeg. VI, S. 163)

Und Christiane von Goethe? *„Christiane meistert die Kriegszeit in Weimar“*, schreibt Sigrid Damm, ihre *„Courage kommt zur Entfaltung“* (S. 414). Auf jeden Fall erweist sich die frisch gebackene Geheimrätin wieder als sehr praktisch veranlagt. Weimar ist jetzt eine besetzte Stadt, muss napoleonische Soldaten unterbringen. Anstatt der sogenannten Einquartierung durch teures Geld zu entkommen, nimmt Christiane von Goethe immer wieder französische Soldaten auf – und tut zugleich etwas für deren Bildung:

Weimar, 25. Juni 1810

Nun denke Dir aber, was zu allen diesen Festlichkeiten gekommen ist: wir haben nämlich seit drei Tagen starke Einquartirung, so daß ich den einen Tag acht Mann bekommen habe. Ich hatte mir nämlich Gemeine ausgebeten, und wir sind deßhalb nicht wieder ins Schießhaus gekommen. Übrigens bin ich mit den Leuten sehr zufrieden; wenn man ihnen ihre Sachen ordentlich gibt, verlangen sie doch nichts Übertriebenes, und sie sind freundlich und gut. […] Der General Morard logirt im Palais und brachte 4 Damen mit ins Theater, in die Herrschaftliche Loge; sie saßen rechter Hand neben der Herzogin und kamen unter dem Stück, und es machte allgemeines Aufsehen. Die Herzogin war sehr freundlich und gut gegen sie. Es wurde *Der Wasserträger* sehr gut gegeben, so daß meine gemeinen Soldaten sagten: sie hätten es in Frankreich nicht so gut gesehen. Ich schicke nämlich meine Einquartirung immer ins Theater; ich lasse mir statt meiner Parterre-Billets Gallerie-Billets geben, und so kann ich auch ruhig hineingehen. Heute ist *Der Tyroler Wastel*, die Einquartirung hat Rasttag, und ich werde sie wieder hinein schicken.

Christiane Vulpius.
Aquarell von Johann Friedrich August Tischbein, um 1795

KAPITEL 3

Der Hausschatz und die Frau Geheimrat

„Wegen des Hauses kannst Du außer Sorge sein, ich werde doch nicht itzo anfangen, liederlich zu sein.“
(Christiane Vulpius an Goethe, 19. Oktober 1798)

Von dem Moment an, da Goethe sie zu sich ins Haus holt, führt Christiane Vulpius dort das Regiment. Er will es gar nicht anders. *„Sei ja ein guter Hausschatz und bereite mir eine hübsche Wohnung“*, schreibt er ihr etwa am 10. September 1792. Da ist er gerade mehr oder weniger gezwungenermaßen mit seinem Gönner und Freund, Herzog Carl August von Sachsen-Weimar-Eisenach, unterwegs auf Kriegszug gegen die nach-revolutionären Franzosen. Christiane ist daheim in Weimar und überwacht mit Unterstützung von Hausfreund Meyer wichtige Umbauarbeiten: Der Haushalt kann in diesem Jahr endgültig in das Anwesen am Frauenplan umziehen. Die Renovierungsarbeiten dauern mehrere Jahre, während die alltägliche Haushaltsführung weitergehen muss. Regelmäßig erstattet Christiane darüber Bericht:

Weimar, 14. Juni 1793
Lieber, Du mußt nun schon 5 Briefe von mir haben, ich habe Dir auch einen von Jena aus geschrieben. Aber ich und Herr Meyer besorgen immer, der Ernst [Goethes Diener] besorgt die Briefe nicht ordentlich, denn er ist immer sehr leichtsinnig, daß man in allem seine Noth hat. Deßwegen bestellt sie Herr Meyer immer selbst. Über alle die schönen Sachen habe ich eine große Freude, in den großen Shawl kann ich mich mit allem wickeln. Gesund bin ich und mache mir immer was zu schaffen. Heut bringe ich Deine Schränke und Sachen in Ordnung und will

mich recht freuen, wenn Du wiederkömmst und Dir es recht ist. Der Saal wird gemacht, die Stube und alles ist in 14 Tagen fertig. Dann will ich alle Stuben im ganzen Hause sauber machen lassen, und so will ich es in der schönsten Ordnung erhalten, bis Du wiederkömmst und Dich darüber freust.

Weimar, 5. Juli 1793
Im Hause und Garten sollst Du alles aufs sauberste finden, ich denke, in 8 Tagen soll der Saal ganz aufgeputzt sein. [...] Mit Herrn Meyer habe ich wegen dem Essen wenig zu thun, aber desto mehr mit seiner Wäsche, weil er immer in Tiefurt ist; ich muß fast alle 8 Tage waschen. Denn das kann ich nicht leiden, wenn die Wäsche nicht ordentlich ist. Das kleine Stübchen habe ich mir auch recht artig raus geputzt, Du wirst Dich gewiß freuen, wenn Du es siehst; ich denke mir schon, wie ich Dich rum führen will, und was ich Dir alles zu erzählen habe, das ich Dir doch nicht schreiben kann. Ich sehe schon in voraus, wie wir alsdann wieder glücklich sind, und freue mich herzlich, denn Du bist mein einziger Gedanke. Gesund bin ich auch, ich trinke alle Morgen Selzerwasser mit Milch und das bekommt mir wohl. Adieu, Du Engel, behalt mich nur lieb, ich küsse Dich in Gedanken. Wenn es möglich wär, daß Du besorgen könntest, daß ich die Federleinwand und den Barchent zum Bette bekäm, ich brauche es nothwendig. Leb nochmals wohl.

Weimar, Mitte Juli 1793
Im Hause ist nun alles fertig, der Saal wird zu Ende jener Woche möblirt, die Stühle sind in der Arbeit; itzo werden noch die Ställe ausgeräumt, und ich halte so viel als möglich alles in Ordnung. Habe recht viel Gänse und Hühner angeschafft, und habe meine Freude so an dem Wesen. Über meine Gurken bin ich schon etwas ruhiger, ich habe spät welche gelegt, die sind recht gut, und wenn mir einen guten Herbst kriegen, so hoffe ich, soll alles gut werden. Es wird überhaupt heuer alles etwas später, auch der Waizen steht gut, und im alten Garten ist es itzo ganz herrlich: die Rosen blühen und die Kirschen wollen reif werden. Etwas kriegen mir dieß Jahr doch, wenn es bleibet. Das Abendbrot wird meist im Garten verzehrt. [...] Der Kleine

spricht immer: „Der Vater kömmt ja noch nicht!" Er spricht immer von Dir, wie er Dir alles sagen will, was er kann. Itzo ist er sehr glücklich, wenn er im Garten eine reife Kirsche sieht, da freut er sich so, daß ich mich freun muß. […]

Herr Meyer will den Brief zumachen, da muss ich schließen. Leb recht wohl und behalt mich lieb, mein Einziger.

Weimar, 19. Juli 1793
Daß Du mir so oft schreibst, beruhigt mich doch in dieser Zeit [des Krieges], denn man wird über alles das, was man hört, gar nicht froh. Die gute Frau Räthin hat auch schon alles besorgt, und das schöne Tafelzeug hat mich recht gefreut, und ich denke mir schon, wenn ich Dir einmal ein Essen zubereite, wie ich es aufdecken lassen will. Und das Bette wird genäht. […]

Komm nur bald wieder, mein Lieber, im Hause soll Dir es gewiß gefallen. Der Kleine läßt Dich schön grüßen und wünscht auch sehnlich, daß Du möchstest wiederkommen. Ich werde aber nicht ruhig, denn, wie man hört, soll es itzo im Lager gar gefährlich sein, und wie kann ich froh sein, wenn Du in Gefahr bist. Es ist doch recht übel, daß, wenn man glücklich ist, auch immer Betrübniß haben muss. Leb wohl und behalt mich nur recht lieb, und verzeih mir meinen kramseligen Brief.

In zahlreichen Briefen Christianes wird deutlich: Nicht nur führt sie die Oberaufsicht über den Haushalt, sie packt auch ordentlich mit an. Fast hat man den Eindruck, dass Christiane so richtig aufblüht, wenn es nur genug zu *„gräbeln"* gibt. Sie ist ganz der *„Hausschatz"*, wie Johann Wolfgang ihn sich wünscht, und er meint diesen Begriff durchaus respektvoll. *„Ich lebe sehr zerstreut"*, schreibt er ihr am 19. Juli 1795 aus Karlsbad, *„den ganzen Tag unter Menschen, es werden viel Äugelchen gemacht, die Dir aber keinen Abbruch thun, denn man sieht erst recht, wie sehr man Ursache hat, seinen treuen Hausschatz zu lieben und zu bewahren."*

Christiane ist nicht nur *„die von Goethische Haushälterin"*, wie es am Weimarer Hof überheblich-abfällig heißt; sie ist eine kompetente ‚Managerin'. Sie hat auch nicht irgendeinen

Ansicht des römischen Hauses im Ilmpark von der Wiesen-Brücke,
Sepiazeichnung von Georg Melchior Kraus, 1799

Haushalt zu organisieren, sondern den des Ministers und ‚Dichterfürsten', der immer wieder Gäste empfangen und ‚repräsentieren' muss. Da muss alles rein und ordentlich sein; es ist kein Wunder, dass Christiane in ihren Briefen so oft vom Waschen, Bügeln und ähnlichen Arbeiten schreibt. Und immer wieder geht es ums Geld. Christiane kümmert sich um die Buchhaltung und legt ihrem abwesenden Schatz penibel Rechenschaft ab:

Weimar, 25. März 1797
Wenn ich nicht gewiß geglaubt hätte, Du würdest heute kommen, so hätt ich Dir am Mittewoche geschrieben, daß ich kein Geld mehr habe, und so gehet es mir nun sehr schlecht, ich bin in größter Noth, denn ich gebe der Köchin alleweile meinen letzten kleinen Thaler. Ich habe auf das Buch einen Carolin ausgelehnt, ich wär also noch künftige Woche ausgekommen, und alsdann ist das Vierteljahr um. Und man hat doch immer auch was in Vorrath, ohne das man doch nicht sein kann. Wenn ich das alles rechne, komme ich doch gewiß ordentlich aus. Denn bei itziger Zeit ist es würklich Kunst; denn, wenn Du nicht da bist, es sind unser doch immer 6 zu Tische, und ich habe es die Zeit, daß Du nicht da warst, sehr eingetheilt, so daß die Köchin immer nicht mit mir zufrieden ist. Freilich weil der Bube krank war, habe ich wieder manche paar Groschen mehr ausgeben und ihm auch wieder etwas Apartes kochen müssen. Er ist aber wieder wohl und gehet wieder aus. Von dem Carolin, den Du mir schicktest, habe ich das Komödie-Abonnement bezahlen müssen […], 2 Paar Strümpfe vor Dich, habe Holz lassen machen, dem Kutscher Trinkgeld, und wenn ich nur nicht den Dukaten von Dir schon angewandt hätte, so hätte ich doch noch was. Die Weiber, die sich etwas schmu machen, thun doch nicht ganz übel, um im Nothfall was zu haben.

Weimar, 18. August 1797
Das schwarze Kleid ist noch nicht fertig; ich denke, ich werde es auf den Sonntag anziehen und in die Kirche gehen. Ich

habe aber eine große Bitte an Dir: zu dem schwarzen Kleid kann man nicht gut was umthun als ein paar schöne, dicke Goldschnuren mit Quasten. Die kosten 2 Laubthaler. Wenn Du mir schriebest, ob ich mir von den Ducaten nehmen dürfte und mir eine Schnur dazu machen lassen dürfte. Einen von den Ducaten habe ich schon dem Kutscher geben müssen, ich habe nur noch 2. Das Silbergeld reichte nur bis Erfurt; in Marksuhl war ein Jude, da habe ich noch vor 2 Laubthaler cattune Halstücher gekauft. Denn Du weißt wohl, wie es ist; es hieß doch: ich käme von Frankfurt, und ich wollte doch auch ein bißchen Aufsehen machen. Du wirst gewiß nicht böse darüber werden.

Weimar, 8. Oktober 1799
Mit dem Obst und mit dem Mußkochen bin ich beschäftigt. Denn diesen Winter muß man sich mit allem gut vorsehen. Der Korb Kartoffeln kostet hier schon 1 Thaler 12 Groschen; ich habe anstatt 16 Körbe 6 bekommen. Daß die Kartoffeln so viel kosten, macht die armen Menschen sehr unglücklich. Ich habe vor diesen Winter zugesorgt.

Weimar, 24. September 1800
Nun kommt aber eine große Bitte: ich habe gar kein Geld mehr. […] Geist [Johann Ludwig Geist, Goethes Diener] soll mir, wenn der Wagen zurückkommt, die große Schachtel schicken, die letzt mit übergekommen ist. Wein 8 Bouteillen sind das vorige Mal und itzo übergekommen. Er soll mir hübsch die leeren schicken; auch, wenn das Wasser getrunken wird, die Bouteillen aufheben, denn es kostet hier eine Glas-Bouteille 3 Groschen. Sonst weiß ich weiter nichts zu schreiben, als daß Du mich recht lieb behalten sollst, und daß ich Dich bald wiederzusehen wünsche. Adieu, mein Lieber.

Weimar, 27. September 1800
Es ist itzo das Vierteljahr, wo ich am nothwendigsten Geld brauche, um alles vor dem Winter einzurichten. Es wird aber hier alle Tage theuerer, daß man bald mit aller guten Laune zuletzt mißmuthig werden muß. Ich bin auch recht verdrüßlich,

daß bei uns so viel aufgeht, und richte es doch so genau ein als möglich, und es will doch nicht reichen. Wenn ich das Gemüs itzo nicht hätte, so wüßt ich nicht, wie ich auskommen wollte. Ich bin so verdrüßlich, daß mein armer Schatz so viel Geld ausgeben muß, und man wird nie recht froh dabei.

Weimar, 29. September 1800
Lieber, bester Schatz,
ich habe das Geld [...] bekommen und habe davon genommen, was am nothwendigsten war; denn die Leute sind es gewöhnt, was bei uns Ordinär-Ausgaben sind, daß sie es bekommen, wenn das Vierteljahr um. Und da sind sie gleich mit den Zetteln da. Da wurde mir ganz Angst, denn ich kann niemand, der Geld bekommt, gut abweisen. Nun ist es aber wieder gut; und gestern hab ich einen rechten Rathkauf mit Flachs gethan, da wars gut, daß ich Geld hatte. Das muß ich Dir aber mündlich erzählen, wie es zuging, daß ich [es] so wohl getroffen habe. Heute will ich schon hecheln und recht fleißig sein und sehen, ob er auch so gut ist, als mir denken.

Dass Christiane den Haushalt bzw. die Wirtschaft verantwortungsvoll besorgt, daran können nur die boshaftesten Stimmen in Weimar zweifeln. Von Letzterem weiß Caroline Schlegel ihrem Mann August Wilhelm im Juni 1801 zu berichten: *„Die Weimarer behaupten, Goethens Finanzen wären in einem sehr schlechten Zustande, und zwar durch die Vulpius, die ihre Unordentlichkeit und ganze Sippschaft mit ihnen nähret.“* (Gespr. I, S. 803) Wie weit solche Gerüchte von der Realität entfernt sind, zeigen die obigen Briefe oder auch der folgende:

Weimar, 18. August 1802
Schreibe mir aber doch so bald als möglich, wenn eine Gelegenheit herüber geht, wie es mit meinem Bruder geht. Man sagt hier, er hätte das hitzige Fieber. Und er hat auch heute nicht eine Silbe geschrieben. Seine Frau weiß noch nichts und soll

auch nichts erfahren. Aber ich bin selbst auch deßhalb wegen Dir in Angst. Über etwas bin ich auch recht verdrüßlich: daß die Bohnen nicht gerathen; denn wir haben noch keine kochen können. Wenn nun die Nächte so kalt bleiben, so wird auch wenig wachsen. Wenn in Jena etwa was zum einmachen zu haben wäre, so soll Geist welche kaufen und sie mit Gelegenheit rüber schicken, daß ich im Nothfall nur etwas vor Dich einmachen kann. Leb wohl. Und ich hoffe Dich auch bald wiederzusehen. […] Sollte jemand rüber fahren, schreibe mir ja, wie [es] mit meinem Bruder steht. Adieu, Lieber

Briefe wie dieser legen nahe: Sowohl Haushalt als auch *„Sippschaft“* sind Belange, um die sich Christiane und Johann Wolfgang gemeinsam sorgen. Oft fragt sie um seine Meinung oder Erlaubnis, aber es klingt doch recht deutlich an, dass sie in Sachen Haushalt ‚der Boss‘ ist, vor allem, wenn es um die Bediensteten geht. Und wenn Christiane einmal auf wohlverdienten ‚Urlaub‘ ins kleine Kurbad Lauchstädt fährt, wird ersichtlich, dass am Frauenplan ohne die Hausherrin nicht alles rund läuft.

Weimar, 21. November 1798

Übrigens geht es mir ganz gut; nur mit meiner Köchin habe ich meine Noth, die nimmt mir alles untern Händen weg, und ich muß den ganzen Tag die Augen auf alles haben. Ich habe mir aber eine andere gemiethet; auf Weihnachten muß sie fort. Wenn mir es nicht um die Leute wär, so schickte ich sie gleich fort, denn sie macht lauter dumme Streiche, die ich Dir alle erzählen will, wenn Du wiederkömmst. Die Marie aber wird alle Tage braver, und wenn ich die nicht hätte, ging' es mir schlecht. Leb wohl und behalt mich nur recht lieb.

Lauchstädt, 25./26. Juni 1803

Heut frühe um 5 Uhr höre ich [unleserliche Worte] und bekomme Deinen Brief, wo ich mich freue, aber auch betrübe, wenn nicht alles so geht, als ich wünschte. Wenn Du auch, Lieber, Ernestine etwas geben mußt, ich will schon alles wieder in das Gleise bringen, wenn ich wiederkomme. Sei nur ja nicht verdrüßlich darüber. […] Sei ja nicht böse, wenn es auch zu Hause nicht so geht als sonst. Wenn wir wieder zusammen sind, wollen wir auch wieder recht vergnügt sein. Sollte Ernestine kein Geld mehr haben, so gib ihr etwas, ich will es alsdann ins Buch schreiben, wenn ich zurückkomme. Leb wohl! Gedenke mein, Liebe und Liebstes auf der Welt.

Johann Wolfgang weiß von Anfang an, was er an seinem „*Hausschatz*“ hat und erkennt dies augenzwinkernd an, wenn er demselben am 10. April 1795 schreibt: „*Hiermit, mein Liebchen, schicke ich Dir fünf leere Bouteillen und sogar die Stöpsel dazu, damit Du siehst, daß ich ein gutes Beispiel in der Haushaltung nachzuahmen weiß.*“ Christiane ist auf Wirtschaftlichkeit bedacht. Schließlich hat sie einen großen Haushalt zu versorgen – oder eigentlich zwei, da ihr Schatz von Mitte der 1790er an oft in Jena weilt, um dort in Ruhe zu schreiben. Besonders wenn es um das leibliche Wohl geht, ist Johann Wolfgang von Goethe sehr eigen und bevorzugt zumeist die kulinarischen Künste seines knapp 40 km entfernt weilenden „*Küchenschatzes*“:

Weimar, 23. Mai 1798

Daß Dir es mit dem Essen nicht gut geht, betrübt mich; ich wünschte, ich könnte mich alle Tage ein paar Stunden unsichtbar machen und Dir kochen, da sollte es wohl schmecken. Die alte Götzen könnte aber der Trabitiusen alles sagen, wie Du es gerne issest, und laß Dir ein paar junge Hasen schießen, und es gibt auch schon in Jena junge Hühner, habe ich gehört. Hier schicke ich Dir was Spargel. Und nun muß ich Wäsche aufhängen. Leb wohl. Bald ein Mehres. Behalt mich lieb.

Weimar, 25. Mai 1798
Lieber,
mit der Wäsche bin ich in Ordnung, aber heute wird auf meiner Seite gescheuert und rein gemacht, auch backe ich ein paar Kuchen, um mir das Fest mit dem Bübchen und Herr Meyern in der größten Ordnung etwas zu Gute [zu] thun. Und nach dem Feste will ich Deine Zimmer wieder in Ordnung bringen. Morgen wird eine Spazier-Fahrt angestellt […]. Der lange Baron [Ernestines Verlobter Lützow] kommt heute und bleibet das Fest hier. Ich bin recht gesund und wohl und habe auch guten Humor. Die Ernestine beträgt sich auch recht gut bei ihrer Geschichte, und da habe ich auch keinen Verdruß. Ich danke Dir recht sehr vor das Wildpret. Dießmal leb wohl, ich muß meinen Kuchen machen, und behalte mich aber nur recht lieb.

Weimar, 8. Juni 1798
Lieber, bester Schatz, die Karten sind gleich den Tag […] gekommen. Heute kann ich Dir keinen Spargel schicken, weil ich ihn morgen selbst brauche; aber was ich vom Montag bis Mittewoch steche, sollst Du auf den Mittewoch haben. Keine Äpfel habe ich nicht mehr, sie haben sich nicht mehr gehalten.

Weimar, 18. Juni 1798
Was ich den Freitag bestellt habe zu essen:

1. Erstens eine Sago-Suppe. 2. Rindfleisch mit Senf. 3. Grüne Erbsen mit jungen Hühnern. 4. Forellen oder Back-Fische. [5.] Wildprets-Braten und Gänse. [6.] Torte und Rührkuchen.

Weimar, 7.–9. August 1798
Ich kann Dir, da ich heute mit bügeln muß, nur wenig schreiben. Wir sind sehr fleißig, mir schneiden alle Nacht bis 12 Uhr Bohnen, und am Tage haben mir mit der Wäsche zu thun. Heute wird alles aufgehangen und morgen wird alles gezählt und die übrige Zeit die Zimmer in Ordnung gebracht. Ich denke, den Sonnabend nach Mittage nach Rossel zu gehen. Ich wollte Dich fragen, ob ich darf ein paar Bouteillen Wein von dem rothen mitnehmen oder ob Du mir einen Zettel auf

ein paar Bouteillen Wertheimer schicken willst. Von Rossel schreibe ich Dir. Behalte mich nur lieb.

Weimar, 10. Februar 1802
Heute beschäftige ich mich mit meinem Redoutenstaat, und morgen wird geschlachtet. Da will ich Dir nächstens schreiben, wie ich mit meinem Schweinchen zufrieden, und will Dir vortreffliche Würste bereiten lassen. Schreibe mir nächstens doch, ob der Kalbeskopf gut gerathen ist. Mein Halsband ist fertig, und ich habe mich sehr darüber gefreut. Es ist recht schön, daß Rubinen und Smaragden raus sind; und sage Dir noch den schönsten Dank vor die schöne Steine. Der Chrysolith nimmt sich sehr schön aus. Wenn ich Dich wiedersehe, will ich Dir mit einem herzlichen Kuß vor alles danken. Leb wohl.

Weimar, 19. Januar 1811
Erstlich, da wir gestern geschlachtet haben, folgen hier 2 Leber-Würste, eine Blutwurst und ein kleines Preßköpfchen.

Weimar, den 14. September 1815
Nun etwas von Häuslichkeiten: ich habe für den Winter sehr viele Gurken und Bohnen und dergleichen eingemacht, von den Odysseeischen, langnäsigen Völkern habe ich vier Stück im Hause; und so ist im Ganzen meine Wirtschaft ziemlich gut bestellt. Nur fehlt bei uns das Obst; wenn Du nur Gelegenheit fändest, für etwas getrocknetes Obst zu sorgen. [...]

Nun lebe wohl und glücklich, da bin ich zufrieden. Deine C. v. Goethe.

Essen hält nicht nur Leib und Seele zusammen, sondern auch Johann Wolfgang und Christiane. Das Kulinarische nimmt großen Raum ein in ihrer Korrespondenz, und die Hausherrin arbeitet unermüdlich, um die Vorratskammern am Frauenplan gefüllt zu halten: *„Heut bin ich beschäftigt mit den Keller zu verwahren, damit ich diesen Winter meinem guten Schatz immer einen guten Trunk holen kann“*, schreibt sie beispielsweise im November 1803. Riemer, Sekretär Goethes und späterer Mann der Haustochter Caroline Ulrich, berichtet einmal leicht genervt über den erkrankten Goethe: *„Er hält auf Diät und ißt des Abends nichts, außer Thee und vielleicht späterhin eine Suppe. Aber lange wird es wohl nicht dauern: denn der Hausgeist wird ihm so lange zureden, daß der Thee ihn schwäche und er etwas ordentliches genießen müsse etc.“* (Begeg.V, S. 623)

Von Mäßigung in Sachen Essen und Trinken halten weder Christiane noch Johann Wolfgang besonders viel, das zeigt ihr Briefwechsel immer wieder; also ist Christianes ‚Fütterdrang‘ nicht weiter verwunderlich. An anderer Stelle äußert sich Riemer übrigens sehr bewundernd über Goethes *„Haus- und Lebensgenossin“*, ihren Mut und ihr Organisationstalent während der Besetzung Weimars durch die Franzosen im Oktober 1814. Er erzählt von einer Frau, *„die überhaupt in diesen Schreckenstagen sich mit großer Standhaftigkeit und Gewandtheit, ohnerachtet sie nicht Französisch sprach, zu nehmen wußte, und trotz des furchtbaren Aufwandes an Lebensmitteln, den sowohl die Soldaten als auch der Marschall* [die bei Goethe Quartier bezogen] *und seine verschwenderischen Köche verursachten, ihr Hauswesen doch so beisammenhielt, daß sie noch andern aushelfen und ihren Schützlingen aus der Stadt etwas zuwenden konnte.“* (Riemer, S. 173)

Am 19. Oktober 1806, in der schweren Zeit, von der Riemer spricht, wird Christiane Vulpius Goethes Ehefrau und damit zur Geheimrätin. Die feine Gesellschaft von Weimar hat nun nicht mehr die Möglichkeit, sie als das bloße *„Hausmamsellchen“* abzutun, wie es Charlotte von Stein nachgesagt wird. Noch im Juni 1805 schrieb diese an Charlotte von Schiller: *„Wieland* […] *hatte bei Goethe mit Jacobi und des Jacobi Schwester zu Mittag gegessen. Die Vulpia war von der Gesellschaft. Am Tisch, sagt Wieland, habe [Goethe] ihr mit zarten Attentionen begegnet, und doch ist's entweder Lüge, oder er müßte eine Analogie mit der Mägdenatur haben.“* (Bäumer, S. 256)

Wird Christiane Vulpius ‚in der Fremde‘ – zum Beispiel auf Kur in Bad Lauchstädt oder in Frankfurt von Goethes alten Freunden und Verwandten – schon lange vor der Heirat als die Lebensgefährtin des bewunderten Dichters akzeptiert, so muss Goethe die Weimarer schon dazu zwingen. Nur wenige Tage nach der Hochzeit führt er seine Frau bei Johanna Schopenhauer, der Mutter des Philosophen Arthur, ein. Erst kürzlich nach Weimar gezogen, öffnet die Schriftstellerin Christiane von Goethe die Tür ihrer Teegesellschaft und tut ihrem Sohn gegenüber den berühmt gewordenen Ausspruch: *„Ich dencke, wenn Göthe ihr seinen Namen giebt, können wir ihr wohl eine Tasse Thee geben.“* Johanna Schopenhauer bricht das Eis: *„Als Fremde u als GroßStädterin traut er mir zu daß ich die Frau so nehmen werde als sie genommen werden muß, sie war in der That sehr verlegen, aber ich half ihr bald durch.“* (Begeg. VI, S. 166)

In gewisser Weise ändert sich wenig in Christianes Leben. Nach wie vor besorgt sie kompetent den Haushalt, der nicht gerade kleiner wird, und kümmert sich um Johann Wolfgangs leibliches Wohl; nach wie vor geht sie zu Bällen und ins Theater. Doch die Leute müssen jetzt anders mit ihr umgehen und akzeptieren die Frau Geheimrätin wenigstens vordergründig – und manche, wie Johanna Schopenhauer, tun es auch tatsächlich.

Wie Christiane selbst den Übergang von der ‚Hausmamsell‘ zur Frau Geheimrat empfand, wissen wir nicht, denn ihre Briefe aus dieser Zeit sind nicht überliefert. Der erste erhaltene Brief nach der Heirat stammt aus dem Jahr 1810. Die folgenden Berichte aus ihrem alltäglichen Leben zeigen: Aus Christiane von Goethe ist letztendlich doch – auch – eine Dame der Gesellschaft geworden. Sie spricht nicht mehr nur von Schauspielern und alten Freunden, sondern auch von Prinzen, Prinzessinnen und der damaligen ‚High-Society‘. Doch gleichzeitig bleibt vieles beim Alten: Noch immer ‚schmeißt‘ Christiane kompetent Goethes Haushalt, noch immer schaut sie aufs Geld und noch immer erfreut sie sich am Essen genauso wie an den glitzernden Bällen und feinen Gesellschaften, zu denen sie jetzt geladen wird (wenn nicht mehr).

Weimar, 24. Mai 1810

Seit wir wieder von Jena zurück sind, haben mich folgende Damen besucht: die Schopenhauer, welche künftigen Donnerstag nach Nonneburg geht, die Frau von Schiller, die Hofmarschallin und Comteß Egloffstein und die Frau von Seebach. Gestern war auch der Herr von Lewandowski bei uns, welcher uns sagte, daß nächstens die Miß Dillon uns zu einer Partie nach Ettersburg und Tiefurt einladen würde. Künftige Woche ist Jahrmarkt in Jena, und wir denken einige Zeit hinüber zu gehen. Wir bitten aber recht bald wieder um einen Brief von Dir. Unsere Singstunden gehen hier ruhig fort.

[...] Wir waren auch bei der Frau Capellmeister Müllern; es sind sehr artige Leute, ich habe mir vorgenommen, sie nächstens einzuladen. Auch hat mich Frau von Wolzogen besucht, und ich bin gestern auch wieder bei ihr gewesen; sie ist sehr mit einpacken beschäftigt, weil sie bald wegreist und das Haus dem Herzog verkauft hat. Frau von Humboldt wird sie in Frankfurt treffen; sie läßt Dich vielmals grüßen, und ehe sie weg geht, will sie noch einen Abend bei mir im Garten zubringen. [...]

Wir trinken Wasser und gehen viel spazieren. Die Cölner Bilder hat noch niemand abgeholt; auch liegt ein großes Packet von Cotta da, schreib mir, ob ich es aufmachen und was damit geschehen soll, es sind gedruckte Sachen. Cotta wird wohl nun wiederkommen und den Karl Schiller [Schillers Sohn] mitnehmen.

Weimar, 25. Juni 1810

Nun etwas von der Haushaltung. Ich habe nämlich alles, was von Schuhmacher-Rechnungen hier für Dich und August war, beinah bezahlen müssen. Dann gab es auch einige Reparaturen im Haus; auch habe ich für den künftigen Winter meine Butter angeschafft, Essig zum einmachen, und dergleichen. Und das, was für August und mich zu den Festlichkeiten nöthig war, kostet auch etwas. Ich habe mich so eingerichtet, daß ich wohl 6 bis 8 Wochen mit dem, was ich habe, reiche und meine Lauchstädter Ausgaben [während der Kur] davon zu bestreiten denke. Auch kostet mich die Einquartirung [der französischen Soldaten] bestimmt zwanzig Thaler; doch wenn wir sie auswärts hätten, kostete es wohl viermal zwanzig. [...]

Nun also wegen des Geldes. Wenn ich Ende August wieder [aus Lauchstädt] zurückkomme, so habe ich freilich gar keins, und in Lauchstädt ist es doch auch ängstlich, wenn man zuletzt gar kein Geld mehr hat. So dächte ich so, daß Du mir vielleicht ein Papierchen zu 100 Thalern hinschicktest [...]; ich verspreche, es nicht auszugeben, als bis ich es in Weimar nothwendig brauche. Die Haushaltung geht freilich immer fort und kann niemals still stehen, weil man immer für die Zukunft sorgen muß. Das große Zimmer ist auch wieder gemalt und recht schön geworden; jetzt bin ich daran, die Möbels in Ordnung zu bringen, und lasse alle Thüren und Einfassungen im Zimmer wieder bohne[r]n. Auch werden alle Öfen umgesetzt und der Kochofen ganz neu reparirt, damit, wenn Du wiederkommst, alles in der größten Ordnung ist.

Weimar, 6. Juni 1810
Die Russen machen uns [Christiane und Uli] noch immer die Cour, und wir werden wohl in diesen Tagen einen Ball in Tiefurt haben. Heute gehen wir in *Die Braut von Messina*. Unsere Singstunden gehen auch ruhig fort. Künftigen Freitag gehen die Ferien in Jena an, und August kommt herüber. Den 15., heißt es, kommen die Prinzen, den 17. soll das Vogelschießen angehen, wovon Du auch gehörig Nachricht bekommen sollst, denn ich habe mir vorgenommen, Dir bestimmt alle acht Tage zu schreiben [...].

Bei uns ist hier Jahrmarkt, er ist so brillant, als ich noch keinen erlebt habe. Ich habe da beinah alle Damen vom Hof und Adel gesprochen und gesehen, welche Dich alle herzlich grüßen und sich nach Deinem Wohl bei mir erkundigt [haben]. Die Kaufleute hatten alles Mögliche zu verkaufen, nur keine Shawls, welche mir gefallen hätten, sie waren so gewöhnlich; und doch haben die Damen hier die allerschönsten, weil sie sich alle welche von Leipzig verschrieben haben oder daselbst eingekauft. Ich wage daher meine Bitte nochmals, Dich um einen zu bitten, und wenn Du vielleicht Gelegenheit hast, nach Leipzig [...] ihn mir zu schicken, weil ich ihn sehr nothwendig brauche, und hier gar kein hübscher zu haben ist. Du hattest dem kleinen Secretarius eine Artigkeit zugedacht. Diesem habe ich dies Jahrmarkt einen schönen Hut gekauft, vor welchen sie ihren freundlichen Dank abstattet. [...]

Jetzt weißt Du alles, wie es mit uns steht, und kannst uns beinah in unserm Gartenhaus sitzen sehn. […] Ich habe immer vergessen Dir zu schreiben, daß mir die zinnernen Löffel viel Freude gemacht haben, und ich es mache wie die gute Mutter, und habe das Silber bei Seite gelegt. Wenn niemand bei mir ist oder nur gute Freunde, so esse ich mit Zinn, und dieses Jahrmarkt will ich mir auch noch einen Vorlegelöffel kaufen, und ich habe mir fest vorgenommen, nicht eher wieder mit Silber zu essen, bis Du zu uns zurückkehrst, welcher Tag bei uns festlich begangen werden soll. Bedenke aber auch den 12. Juli, da wollen wir Deine Gesundheit trinken, und Du wirst mit Riemer die meinige trinken. Lebe wohl und behalte mich lieb. C. v. Goethe.

Weimar, 19. Juni 1810
Jetzt sind wir beschäftigt, sowohl unsern Putz zum Vogelschießen, welches heute seinen Anfang nimmt, zu ordnen, als auch zu den Festlichkeiten, die nun kommen sollen. Doch gestehe ich Dir ganz aufrichtig, daß ich sehr zufrieden bin, nicht unter die Damen zu gehören, welche immer an Hof gehen müssen, denn die Ausgaben von Kleinigkeiten könnten leicht meine Casse ruiniren; denn da ist bald der Fächer aus der Mode, und die Krause kann man nicht an Hof tragen und jenen Kragen nicht, so daß man ganz confus wird. Doch für einmal will ich alles mitmachen, und wir geben uns alle mögliche Mühe, nicht proper, aber doch sauber und modern zu erscheinen.

[…] Es wurde im Schießhaus getanzt, August und alle junge Leute wurden vom Hofmarschall aufgefordert mit zu tanzen. Die beiden Prinzen kamen gleich, sobald sie nur in [den] Saal getreten waren, zu mir und begrüßten mich recht herzlich und freundlich, so auch Carolinen; sie lassen Dich beide grüßen und wünschen, daß die Cur für Dich recht heilsam sei […]. Durchlauchte Prinzeß war auch sehr genädig gegen mich, auch schickte die Herzogin die Gräfin Beust zu mir und ließ mir für die Gedichte danken; überhaupt haben sich alle Hof- und andere Damen gegen uns beide so benommen, daß wir ganz glücklich und zufrieden nach Hause kamen.

Weimar, 25. Juni 1810
Lieber, bester Geheimerath,
Den 21. war schon der dritte Tag vom Vogelschießen. August ging den Morgen auf das Schloß, besuchte Prinz Bernhard und überbrachte den fürstlichen Personen die Exemplare von der *Farbenlehre*. [...]. Alsdann begleiteten wir die Prinzen und die Prinzeß unter das Zelt vom Schießen, wo unsere Prinzeß sehr vergnügt und freundlich war; durch vieles Bitten ließ sie sich bewegen, auch mit der Pistole zu schießen. August wurde auch zu der Prinzeß unters Zelt gerufen, wo sie gesagt hat: sie würde Dir selbst schriftlich danken. Auch unsere Prinzen waren sehr freundlich. Es wurde sehr spät, als die Herrschaft wieder in [den] Saal zurückging; sie speisten da; weil mich aber das haußenstehen im Saal ennuyirt, solange die Herrschaft speiset, und nur die Bürgerlichen tanzen, und es so curios aussieht, wenn man erst unter ihnen war, so ging ich mit August und Caroline zu Hause, wo wir ein gutes Abendbrod verzehrten und uns dann zu Bette legten.

Weimar, 16. Januar 1811
Das wilde Schwein habe ich schön eingepeizt und hoffe, Dir künftigen Dienstag etwas davon vorzusetzen. [...]

Den Schweinskopf betreffend. Der Kopf liegt in der Schachtel; die Sauce, in welche der Kopf gleich gelegt werden muß, und so lange bis er aufgegessen ist, muß er drinnen liegen bleiben; die Senf-Sauce, welche dazu gemacht wird, sagte der Mundkoch Weise, sollst Du nur gleich bei dem Mundkoch Steinert bestellen lassen, dieser wisse schon, wie er sie machen sollte. Wir hätten sie hier machen lassen, er sagte aber: es wäre besser, wenn sie gleich auf der Stelle gemacht würde.

Karlsbad, 30. Juni – 15. Juli 1811
Sonntag Mittag speisten wir in Gesellschaft von 27 Personen bei Bolza, das Essen war sehr gut, wir zahlten à Person 10 Gulden und tranken etwas Ruster dazu. Um 7 Uhr holte uns Frau von der Recke zum Ball ab; der Ball war dieses Mal nicht so voll, aber weit angenehmer zum tanzen, die Ulrich hat Schuh' und

Strümpfe durchgetanzt; sogar die Frau von der Recke tanzte Polonaise. [...]

Montag früh wie gewöhnlich [Wasser] getrunken und gebadet. [...] Nach Tische gingen wir nach der nahen Porcelainfabrique; bei unserer Rückkehr hatte sich die Gesellschaft vermehrt, und alle Prinzessinnen waren da; wir fuhren aber unseren gewöhnlichen Spazierweg auf der neuen Chaussee; zu Hause fanden wir den Herrn Boisserée, welchen wir mit Gietzhübler [?] Wasser und Weine erquickten, wir blieben zusammen.

Dienstag früh ging Boisserée mit mir an [den] Brunnen [...]. Abends speisten wir zu Hause. Die neu angekommene Dame wurde als Leiche aus dem Haus getragen, welches mich so angriff, daß ich bis 11 Uhr aufblieb und die ganze Nacht nicht schlafen konnte. [...]

Mittwoch früh bekam mir das Trinken sehr übel, am Sprudel wurde ich so krank, daß mich Boiserée nach Hause bringen mußte; doch nach einem Frühstück, welches wir in der Puppschen Allee genossen, wurde es mir wieder besser. [...]

Freitag früh nicht getrunken und gebadet. In der Puppschen Allee gefrühstückt. Um 11 Uhr zu Himmel, wo nichts als Prinzen und Fürstinnen waren.

Zuweilen ist es ein wahres ‚Namedropping', das die Frau Geheimrat in ihren Briefen betreibt. Gleichzeitig erhält man aber auch den Eindruck, dass sie ihrem Mann über das Verhalten der vornehmen Gesellschaft Bericht erstattet: Wer sie anerkennt, wer *„freundlich"* zu ihr ist. Und auch vier, fünf Jahre nach der Hochzeit ist die gesellschaftliche und persönliche Akzeptanz der Geheimrätin von Goethe immer noch ein Problem. Charlotte von Schiller, Christianes alte Gegnerin, gleichzeitig jedoch eine regelmäßige Besucherin der Teegesellschaften, die Frau von Goethe inzwischen selbst gibt, schreibt noch im Januar 1811 an die Prinzessin Caroline von Mecklenburg: *„Ich darf manchmal gar nicht sagen, wie mich doch des Meisters Lage einengt und im Innern schmerzt; denn mir deucht, ich fühle zuweilen in seiner Seele, daß er irre in sich ist. Welcher Dämon hat ihm diese Hälfte* *angeschmiedet? Es gehört zu den Rätseln der Menschenbestimmung.*" (Geiger, S. 276) Die *„Hälfte"* ist natürlich Christiane, und Goethe scheint sich bewusst zu sein, dass er kontinuierlich an deren gesellschaftlicher Anerkennung arbeiten muss. Regelmäßig wendet er sich an ihm offensichtlich vertrauensvoll erscheinende Damen mit der Bitte um Hilfe, so auch, als er im Sommer 1811 seine Frau zum ersten Mal mit nach Karlsbad nimmt, wo sich die Crème-de-la-Crème Europas zur Kur trifft. Charlotte von Schiller weiß Prinzessin Caroline davon ebenfalls zu erzählen: *„Ich muß Ihnen doch auch berichten, wie klug der Meister ist. Da er einmal seine dicke Hälfte im Bad mit hatte, so empfahl er sie der Obhut der Frau von Recke, der berühmten nämlich. Diese und ihre Nichte, die Fürstin Hohenzollern, haben sie protegiert und in alle öffentlichen Plätzen eingeführt. Unter dieser Ägide ist ihr Ansehn und Ruf trefflich geblieben, und der Meister weiß seine Freunde zu brauchen.*" (Gespr. II, S. 668)

Besagte Elisa von der Recke, Gräfin und Dichterin, erinnert sich Johanna Schopenhauer gegenüber allerdings sehr viel wohlwollender sowohl an Goethes Anliegen als auch an seine Frau: *„Wodurch die Verstorbene* [Christiane] *sich mir empfohlen hatte, ist, daß ich sie nie von andern Böses sprechen hörte; auch war ihre Unterhaltung, soweit ich sie kannte, immer so, daß ich mir es wohl erklären konnte, daß ihr anspruchsloser, heller, ganz natürlicher Verstand Interesse für unseren Goethe haben konnte, der mir seine Frau mit diesen Worten vorstellte: – ‚Ich empfehle Ihnen meine Frau mit dem Zeugnisse, daß, seit sie ihren ersten Schritt in mein Haus tat, ich ihr nur Freuden zu danken habe'.*" (Gespr. II, S. 668) Christiane von Goethe nimmt das folgende Freundschaftsangebot von Elisa von der Recke dankend an. *„Am leidesten that uns der Abschied von Frau Gräfin Recke"*, schreibt sie dementsprechend im Juli 1811, und auch vier Jahre später weiß sie zu berichten: *„Bei Frau von Recke war ich am Montag zu Tische, sie bleibt immer so herzlich und gut gegen mich.*"

Wie scharfsinnig Christiane zwischen Menschen zu unterscheiden weiß, die ‚gut gegen sie' sind, und solchen, die vielleicht nur ‚artig' gegen sie tun, ist aus ihren Briefen nicht ganz ersichtlich. Vielsagend aber ist, dass sie sich neben all ihren neuen adligen und bildungsbürgerlichen Bekannten bis zum Schluss

Goethes Gartenhaus in Weimar im Park an der Ilm,
Unbekannter Künstler, Stahlstich, um 1840

ihren alten Freundeskreis bewahrt. Sigrid Damm umreißt diese Personengruppe, deren Herkunft und/oder Betätigungsfelder für sich sprechen: *„Sie hat einen festen Kreis von Freunden. Zu den engsten gehört der Bruder.* [...] *Die Frau des Bruders, ihre Schwägerin Helene, ist darin eingeschlossen. Sie ist eine ihrer engsten Freundinnen. Weitere Freundinnen sind die Jenaer Malerin Louise Seidler* [...]. *Und die erste Schauspielerin am Hoftheater, die Mätresse des Herzogs, Frau von Heygendorf* [...]. *Und Louise Knebel, jene junge Kammersängerin, die Carl August geschwängert hat und die der vierundfünfzigjährige Knebel* [Goethes guter Freund] *zu seiner Ehefrau machte.“* (Damm, S. 479f.)

Die Liste geht weiter, umfasst vor allem Menschen, die künstlerisch tätig sind und/oder wie Christiane selbst nicht hundertprozentig in eine gesellschaftliche Schublade passen. Das hört sich nicht nach einer Frau an, die sich ihre Freunde nicht aussuchen kann. Es mag sein, dass sich Christiane auch als Geheimrätin einen Rat ihres Mannes von 1799 zu Herzen nimmt: *„Was die Menschen überhaupt betrifft, so thu ihnen nur so viel Gefälligkeiten, als Du kannst, ohne Dank von ihnen zu erwarten. Im Einzelnen hat man alsdann manchen Verdruß, im Ganzen bleibt immer ein gutes Verhältniß.“* Auf jeden Fall aber wächst sie in ihre Rolle als Frau Geheimrat hinein, wie etwa eine Episode aus der Zeit ihres Kuraufenthalts in Bad Berka 1814 zeigt:

Weimar, 25. August 1814

Am Sonntag habe ich ganz allein in der Kirche Gevatter gestanden und zwar bei der Frau, die uns aufgewartet hat; die Menschen waren ganz glücklich. Die Hebamme sagte zu den Leuten: „Ihr könnt zufrieden sein, denn so eine Taufe ist noch nicht in Berka gewesen.“ Die ganze Kirche war voll, alle Badegäste waren darinne; der mir auffallende war der Herr Generalsuperintendent Löffler aus Gotha. Und sogar spielte unser Herr Organist die Orgel, welches sonst beim Taufen nicht der Fall ist. Ich habe mir durch dieses ganz Berka zum Freund gemacht.

KAPITEL 4

So ein Theater – Christiane und Weimar

„Es fehlt ihr aber nicht an einer Art von Kultur, die sie in meiner Gesellschaft und besonders im Theater erlangt hat. Überhaupt glaubt man nicht, wie sehr das Theater, wenn man so zehn Jahre lang es alle Abende besucht, bildet.“
(Goethe über Christiane Vulpius)

Einer der größten Vorbehalte, der gegen Christiane Vulpius als Lebensgefährtin für den großen Goethe hervorgebracht wird – und zwar damals wie heute – ist ihre fehlende Bildung. Nun ist es sehr wahrscheinlich, dass die Tochter eines erst schlecht bezahlten und dann aus dem Amt entlassenen Archivars nicht die Möglichkeit zu einer formalen Schulbildung bekam. Der Schulbesuch für Jungen war kostenlos und der Bruder und spätere Schriftsteller Christian August profitierte davon, doch für Mädchen musste Schulgeld gezahlt werden, und es ist nur schwer vorstellbar, dass die Familie Vulpius selbiges für die Bildung ihrer Töchter aufbringen konnte.

Aber selbst wenn dem nicht so gewesen wäre, wäre Christiane Vulpius als Mädchen aus der untersten Mittelschicht nicht als ‚standesgemäß‘ akzeptiert worden. Wie nur könnte ein so unkultiviertes Wesen einem der größten Geister seiner Zeit eine adäquate Gefährtin sein? *„Sein hiesiges häusliches Verhältnis muss ihn ganz abpoetisieren“*, sorgt sich Charlotte von Stein gegenüber ihrer Patentochter Charlotte von Schiller (Gespr. I, S. 700). Die Theologengattin Ernestine Augusti widerspricht, lässt jedoch noch in der Verteidigung Christianes denselben Bildungsdünkel erahnen: *„Obgleich unbedeutend, nicht mit den Geistesgaben ausgerüstet, ihres Mannes gewaltigem Gedankengänge folgen zu können, war sie jedoch weit entfernt davon, mißstimmend auf ihn zu wirken.“* (Gespr. II, S. 1199)

Inwiefern Christiane Vulpius befähigt war, Goethes geistige Höhenflüge nachzuvollziehen, sei dahingestellt; wir werden es wahrscheinlich nie mit Sicherheit sagen können. Den Dichter selbst scheint die Meinung seiner Frau jedenfalls auch in literarischen Dingen interessiert zu haben. So schickt er am 15. September 1809 ein *„Bändchen"* an Christiane und Caroline Ulrich, bei dem es sich um nichts anderes handelt als das Manuskript seiner damals höchst umstrittenen *Wahlverwandtschaften*, und verlangt: *„Daß mir alsdann zugleich etwas geschrieben werde von dem, was unter euch beim Lesen vorgegangen."*

Schon vor dem Auftritt Ulis zeigt sich Christiane zumindest über den Fortschritt von Johann Wolfgangs Arbeit bestens informiert; beispielsweise schreibt sie am 27. Februar 1796 an ihren in Jena mit einer Schreibkrise ringenden Schatz: *„Daß es mit dem Roman nicht gehen will, ist ja curios; doch vielleicht gehet es noch, man muß nicht gleich verzagen."* Goethes *„Erdgewicht"* nennt der Briefe-Herausgeber Hans Gerhard Gräf Christiane Vulpius (Gräf E, S. LIII). Louise von Knebel, Frau von Goethes ‚Urfreund' Knebel und eine enge Freundin von Christiane selbst, deutet Ähnliches an: *„Sie war keine sehr ausgebildete Frau, aber sie hatte sehr viel natürlichen hellen Verstand; Goethe hat uns oft gesagt, daß, wenn er mit einer Sache in seinem Geiste beschäftigt wäre und die Ideen sich zu stark bei ihm drängten, er dann manchmal zu weit käme und sich selbst nicht mehr zurechtfinden könne, wie er dann zu ihr ginge, ihr einfach die Sache vorlege und oft erstaunen müßte, wie sie mit ihrem einfachen natürlichen Scharfblicke immer gleich das Richtige herauszufinden wisse."* (Gespr. III, S. 200)

Die Aussage von Louise von Knebel ist nur eine mündlich wiedergegebene, keine direkt überlieferte. Aber sieht man sich die Briefe von Christiane Vulpius an, hat man nicht den Eindruck, dass sie aus der Luft gegriffen wäre. Mehr und mehr scheint Christiane zu den Augen und Ohren ihres abwesenden Mannes zu werden. Es beginnt in der Komödie, die Christiane leidenschaftlich gern besucht. Von dort aus erstattet sie dem Theaterdirektor Goethe regelmäßig Bericht über Erfolge und Misserfolge und hält dabei mit ihren Ansichten nicht zurück:

Weimar, 13. Januar 1796
Gestern waren *Die Geschwister*, und die Madame Becker verdiente durch ihr schönes Spiel würklich ein Präsent. Überhaupt ist es sehr gut gespielt worden und hat allgemein gefallen, daß man den abscheulichen *Prozeß* gar nicht darauf sehen konnte. Leben Sie wohl, es bleibt dabei, mir kommen. Das Bübchen läßt Dich vielmals grüßen. Behalte uns beide lieb.

Weimar, 21. Februar 1796
Der *Knicker* [Stück von Christian August Vulpius] ist gestern sehr gut gegangen, man ist allenthalben mit dem neuen Sänger zufrieden, freut sich über seinen schönen Gesang und seine gute Aussprache und saget, das Übrige werde sich schon geben. Er kann auch mit applaudiren zufrieden sein, welches denn freilich alles von den Schätzchen [Christianes Freundinnen] herkam. Er hat aber mit einer Dreustigkeit gespielt, die unglaublich ist. Zum Roman wünsche ich den besten Humor, und daß das 8. Buch bald fertig werde, damit ich Dich bald wieder bei mir habe, denn ich bin den ganzen Tag allein.

Weimar, 29. Mai 1797
Mir geht es ganz wohl, ich bin noch immer sehr vergnügt. Wenn Du nur bei mir wärst! Am Sonnabend bin ich auch mit der besten Laune in dem *Petermännchen* [nach einem Schauerroman von Christian Heinrich Spieß] gewesen trotz des abgeschmackten Stückes, und da, weil Du nicht da warst, alles ziemlich confus ging, zum Exempel: die Walter [?] kam aus der Coulisse und ging auch so wieder hinein, und mehres dergleichen weiße Teufel. Aber die kleine Götzen hat aufs erste Mal ihre Sache recht artig gemacht. Nur daß man an dem armen Kind so viel gespart hatte; es war sehr schlecht angezogen, sie bekam aber derb applaudirt. Der Herr Hofkammer-Rath scheint ihr auch nicht ganz günstig zu sein. Der Vater war aber ganz glücklich; er kam gestern zu mir und sagte: So viel Ehr wär ihm so lange, als er am Hofe war, nicht widerfahren als am Sonntag, bei Hofe freute sich alles über das Kind, die Herzogin hätte ihm auch was drüber gesagt, und das geschähe nicht leicht, und wenn Du hier wärst, wär es gewiß besser mit ihr gegangen.

Weimar, 7. Juni 1797
Nun ein Wort vom Schauspiel. In den 2 Spectakel-Stücken haben die Herrn Studenten auch sehr gespectakelt, gepocht und getrommelt, daß es eine Art hatte; ich behaupte, daß mancher nur einen halben Sporn mit nach Hause gebracht hat. In [den] *Jesuiten* war es so rarchi, daß die meisten Damen heraus gingen, und ich bin auch nach dem 3. Act heraus gegangen, denn es war zu arg. Ich möchte nur wissen, vor was 2 Husaren da stünden. Gestern in *Oberon* war es wieder zum Erdrücken voll, das Meiste Studenten, und weil die Herrschaft da war, schienen sie im Anfang ganz ruhig zu sein. Da es aber ihnen bei dem dritten Aufzug etwas zu lang schien, ehe es aufging, so fingen sie nicht nur an zu trommeln, sondern auch zu pfeifen. Und es geschieht immer der Anfang auf unserer Seite, und das kommt daher, weil kein Husar da steht. Ich dächte, wenn Du noch weggingst, daß Du es ausdrücklich beföhlst, daß einer nüberkäme. Denn die vernünftigen Studenten ärgern sich selbst über den Spuk; ich glaube, es sind lauter neue, die diesen Spuk machen. [...]

Ich habe vorhin vergessen zu schreiben, daß gestern *Oberon* sehr gut gegangen ist, und daß sie alle recht sehr gut gespielt haben, die Jagemann außerordentlich und Leißring auch sehr gut; und bei der Weyrauch war alles Mögliche gethan, um es durch den Anzug zu zwingen. So schön ist noch keine Actrice als Türkin angezogen gewesen. Die Gräfin Egloffstein hat ihr den ganzen Anzug gegeben, und sie hat sich auch da anziehn müssen; die Gräfin hat sie selbst hoher Hand geputzt. Warum dieß geschieht, wirst Du Dir schon denken; sie hatte Schmuck um sich, der war fürstlich, aber sie hat doch die Jagemann nicht ausgestochen bei Fremden und Einheimischen.

Weimar, 25. September 1797
Dieses macht mich wieder etwas heiter. Und auch, daß die Komödie ihren Anfang nimmt; den 23. die *Rothe Kappe*, wo Hunnius als Schulze mir außerordentlich gefallen hat. Den 24. war *Hamlet*, wo die neue als Ophelia mir gar nicht gefallen hat. Ob es nur macht, daß sie dem jenaischen Äuglichen gleicht und auch so spricht, oder ob es machte, daß die gute Beckern denselben Tag im Leichen-Haus stand?

Weimar, 2. Oktober 1797
Nun etwas vom Theater. Den Hunnius in der [Rolle des] Tita zu sehen, ist der Mühe werth; das ganze Parterre war außer sich, und ich glaube, sein Gesang und Spiel sind charmant. Und seine Frau ist auch nicht schlecht, aber nicht so gut wie er. 2 Neue sind hier, aber keine ist eine Beckern. Die vermißt man überall. Die beiden kommen mir wie die Frankfurter vor.

Die Liebe zum Theater scheint Christiane in die Beziehung mitgebracht zu haben; es gibt keine Anzeichen dafür, dass sie diese erst von ihrem Johann Wolfgang gelernt hätte. Die Komödie ist ihr Revier. Schauspieler sind und bleiben ihre besten Freunde, etwa ihre alte Nachbarin Karoline Jagemann – hellster Stern am Weimarer Theaterhimmel und langjährige Geliebte des Herzogs Carl August – oder Johanna Sophie Friederika Unzelmann, auch Petersilie oder kurz: Silie genannt. Etwas Derartiges war in der damaligen Zeit keineswegs eine Selbstverständlichkeit: Man mochte die Kunst der Schauspieler bewundern und sich an gut gegebenen Theaterstücken erfreuen, aber ein Umgang mit diesem Volk gehörte nur in Ausnahmefällen zum guten Ton. Im Endeffekt sitzt Christiane mit den Schauspielern im selben Boot. Sogar im Theater will die vornehme Gesellschaft die unstandesgemäße Geliebte Goethes nicht wirklich haben, kann ihr Erscheinen dort aber nicht verhindern, selbst als sie noch Vulpius heißt.

Weimar, 2. Oktober 1799
Meine Bank gönnt uns niemand, sie möchten gar zu gerne uns einige Plätze abnehmen. Am Tage habe ich itzo viel zu thun und Abends gehe ich in [die] Komödie oder lese. Denn die Menschen werden mir immer mehr verhaßt. Ich will nächstens auch mit auf die Leuchtenburg ziehen. Adieu, lieber bester Schatz! leb wohl und behalte mich lieb.

Es ist eines der wenigen Male, dass Christiane in ihren Briefen direkt auf ihren schweren Stand in Weimar Bezug nimmt. Wie das Ganze für dünkelhafte Außenstehende aussieht, verrät uns der Künstler Andreas von Löwis of Menar in einem Brief vom 2. Februar 1802 – da waren Goethe und Christiane Vulpius mehr als 13 Jahre zusammen: *„Er hat so ein Mittelding zwischen Frau und Mädchen bei sich und führt es überall mit herum, auch sitzt es im Theater neben ihm und sieht ihn zärtlich an, wenn verliebte Stellen vorkommen.“* (Gespr. I, S. 1006) Doch Christiane lässt sich das Theater weder von den Weimarern noch von anderen missgünstigen Personen vermiesen. Gerade hier beweist sie ihre scharfe Beobachtungsgabe: Wer wann wo applaudiert, wie gut wer aus welchen Gründen schauspielert, welche zwischenmenschlichen Wirrungen am Werk sind, welches Stück wie gut funktioniert und warum – all diese Aspekte hat Christiane gleichermaßen im Blick. Ihre ‚Theaterkritiken' verpackt sie in einen augenzwinkernden Witz. Liegt sie einmal falsch, gibt sie das aber unumwunden und ebenso charmant zu:

Weimar, 16./17. Februar 1802

Die neue Schauspielerin will mir nicht gefallen, sie ist noch beinahe einen Kopf kleiner als ich und dazu noch stärker.

Itzo will ich zu Bette gehen, denn es ist 9 Uhr, und dieß ist itzo meine Schlaf-Stunde. Schlaf wohl. Morgen ein Mehres.

[17. Februar]

Alleweile habe ich mich schon ein halbes Stündchen selbst gefahren und auch für die Freude danke ich Dir. Nun ist auch Meyer krank; er hat sich schon seit einigen Tagen beklagt, aber heute sieht er ganz erbärmlich aus. Ich habe ihn aber doch beredet, daß er mit dem Professor ausfährt. Ich bin ringsum mit kranken Freunden umgeben, und wenn ich nicht gar zu frohen Muth hätte, so sähe es schlecht aus. Diese Woche gibt es nichts zu tanzen, als den Sonntag ist Concertball, wozu schon Spitzen und alles gewaschen wird. Wahrscheinlich werden wir Dich diese Woche wohl nicht sehen. Mit der neuen

Schauspielerin wird es heute als Kathinka auch gewiß schlecht ablaufen. Sobald ich nur Gelegenheit habe, so schreibe ich Dir. Wenn Du hier wärst, so dürfte sie in der Rolle gewiß nicht auftreten, denn dadurch muß sich so ein kleiner Zwerg zu Grunde richten. Leb wohl und gedenke mein und behalte mich so lieb, wie ich Dich. Ich will sehn, wie ich mir mit meinen Kranken durchhelfe.

Hier schicke ich Dir eine Wurst. Die muß aber auf dem Roste gebraten werden.

Weimar, 18. Februar 1802
Ich muß Dir nur schreiben, daß die neue Schauspielerin eine recht gute Aussprache hat und mir viel angenehmer in ihrem Organ vorgekommen ist als die Caspers. Ich glaube aber, die Rolle hat ihr die Unzelmann einstudirt, denn wenn man die Augen zuthat, so glaubt' man gewiß die Unzelmann zu hören. Und ich sehe, die kleinen Leute sehen doch auch nicht übel aus, und es kann sich auch einmal ein Zar in einen kleinen Schatz verlieben.

Weimar, 5. Mai 1802
Ich freu mich recht, wenn Du wiederkömmst, etwas von dem neuen Stück zu hören. Wir haben hier eine Ariadne gesehen, das war vor Lachen nicht auszuhalten; ich will Dir sehr viel davon erzählen. Cordemann als Theseus kam einem wie [ein] Gott dagegen vor, und alle Zuschauer waren froh, daß er Ariadne verlassen hatte. Adieu, mein Lieber, Bester, leb wohl und behalte mich recht lieb.

Weimar, 14. Juni 1810
Rochus Pumpernickel ist mit großem Beifall aufgeführt worden, und die Galerie hat sich einmal wieder etwas Rechtes zu Gute gethan. Und die Erscheinung eines Pferdes zum ersten Mal that auch seine Würkung, denn Unzelmann kam würklich auf einer kleinen, artigen Falbe geritten, und das Pferd bekam gleich sein Applaudissement.

Lauchstädt, 15. Juli 1810
Wir gingen ins Theater [in Halle], welches aber nicht wie ein Theater, sondern wie ein Pferdestall aussieht, denn es ist eine alte Reitbahn gewesen. […] Es wurde die Oper *Das Sonntagskind* aufgeführt; doch wurde so schlecht gesungen und gespielt, daß wir nur einen Act aushalten konnten. Doch haben wir uns einmal recht ausgelacht. Einige Männer darunter könnten wohl gut sein, doch das weibliche Personal ist gar nicht zum ansehen.

Weimar, 13. Januar 1811
So ergreife ich die Feder, um Dir etwas von der *Teufelsmühle* zu schreiben. Das Stück ist eine zweite *Saalnixe*, nur noch etwas dümmer; doch haben sich unsere Schauspieler alle mögliche Mühe gegeben, etwas daraus zu machen, doch wollte ihre Declamation gar nicht zu dem Unsinn passen. […] Das Mädchen wäre ganz leidlich gewesen, wenn sie nicht eine so unausstehliche Sprache hätte. Von unseren Schauspielern waren am liebenswürdigsten die Genast und die Unzelmann. Unserm verwöhnten Publikum hat es gar nicht gefallen wollen, doch schien es die Herrschaft zu amüsiren, denn es wurde in der Loge viel gelacht; so schien es auch dem Herzog sehr zu gefallen, und die Galerie applaudiert und lachte; besonders aber hätte man dem Maschinenmeister applaudiren sollen, denn es ging alles sehr gut.

Aber auch über die Wirkung bewegender Stücke weiß Christiane eindringlich zu berichten. Aus ihren Briefen über Zacharias Werners Schicksalsdrama *Der vierundzwanzigste Februar*, spricht die große emotionale Wirkung, die Theaterstücke auf die Menschen im Allgemeinen und Christiane im Besonderen haben konnten. Das Stück, das eine Reihe von Mordtaten innerhalb einer Familie drastisch und realistisch darstellt, wurde zu seiner Zeit als besonders erschütternd und sehr modern wahrgenommen.

Karoline Jagemann (1777–1848),
Lithographie nach Heinrich Kolbe

Weimar, 19. Juni 1810
Nun auch etwas vom Theater. *Der 24. Februar* wurde gegeben. […] August, den doch so leicht nichts mürbe machen kann, den hatte dieses Stück ganz zerbröckelt. Haide kam nach dem Theater noch zu uns, und August konnte sich gar nicht beruhigen; auch hatte [es] Carolinen ganz mitgenommen. Ich bin noch die Standhafteste gewesen, doch aus dem Theater mußte ich beinah gehen.

Lauchstädt, 18. Juli 1810
Ich wollte dieses Mal in keine betrübte Stimmung kommen, weil mich alles doch zu sehr angreift; bin also abwechselnd heraus und herein gegangen und habe in der Zeit an etwas Anderes gedacht; und wenn ich wieder hereinkam, hat es mir doch außerordentlich gefallen. Caroline hat sich aber wieder ganz durchklopfen lassen, und ich glaube, sie sähe es noch einmal. Überhaupt hat es der jungen Welt sehr gefallen.

Im Laufe der Zeit wird Christiane von der bloßen Betrachterin zur Vermittlerin zwischen ihren Freunden, den Schauspielern, und ihrem Johann Wolfgang. Immer wieder kommt es zwischen dem Theaterdirektor mit seinen hohen und sehr eigenen Erwartungen und den Darstellern zu Spannungen, die Christiane aufzulösen weiß. Ihr Mann erkennt das auch unumwunden an: *„So sind z. B. im Theater Dinge vorgekommen, die viel gelinder abgegangen wären, wenn Du dagewesen wärest“*, schreibt er etwa am 7. November 1808 an Christiane, die gerade in Frankfurt die Nachlassangelegenheiten seiner Mutter regelt. Ohne die lenkende Hand der Frau Geheimrat muss erst der Herzog eingreifen, um den Konflikt zwischen Goethe und der Diva Jagemann zu entschärfen.

Noch mehr als in Weimar ist Christianes Wirken allerdings im kleinen Kurort Bad Lauchstädt spürbar. Von 1802 an geben die Weimarer Schauspieler dort im neu eingeweihten Theater Sommergastspiele, und Christiane ist eine regelmäßige Besucherin sowohl des Kurbads als auch des dortigen Schauspielhauses. Bis heute erinnert in Bad Lauchstädt eine Büste an die hochgeschätzte Gönnerin. Es wirkt durchaus so, als hätte Christiane zeitweise die Oberaufsicht über das dortige Theater übernommen:

Lauchstädt, 15.–20. Juni 1803
Donnerstag, den 16. [...] Wir, ich und die Silie, fuhren in die Komödie hinein, es war *Nathan der Weise*. Die Einnahme betrug nur 50 Thaler. Aber das Stück wurde sehr gut gegeben, außer der Maaß, die spielte mit einer abscheulichen Kälte. Bei dem Zuhausefahren wurden unsere Pferde von den Hallensern sehr gelobt und bewundert, welches mich recht freute. Es sind aber auch prächtige Thiere. [...]

Sonnabend, den 18., frühe schickten wir zu dem *Opferfest* noch allerhand. Nach Tische hatten wir mit dem Anzug zu thun. Ich ließ der Jagemann den Wagen anbieten, und die Silie und diese fuhren beide zusammen. Die Oper ging recht gut, die Silie wurde applaudirt, und [die] Jagemann und ihre Gespielen mußten das Quartett *Kind, höre meine Lehren* da capo singen, und die Jagemann hat großen Beifall eingeerntet. Auch Ehlers wurde applaudirt. In andern Stücken haben sie ihr Applaudissement noch nicht so hören lassen. Und es war ziemlich voll; die Einnahme betrug 100 und 06 Thaler.

Sonntag, den 19. Heute wollen wir sehen, wie es gehen wird, ob auch ein Bällchen zum Vorschein kommt. [...] Heute war bei uns zu Tische Herr Grüner, Ehlers, die Madame Beck. Nach dem gingen wir in die Komödie; es wurde das *Schreibe-Pult* gegeben. Mir war es beinahe nicht zum Aushalten. Die Einnahme war 95 Thaler. Nach der Komödie wurden wir zu einem kleinen Bällchen eingeladen. Wir gingen hin, und es war recht artig. Besonders waren die Herrn Offiziere sehr artig [...]. Meine Pferdchen machen nur so viel Aufsehens; ich muß Dir noch herzlich danken, daß Du sie mir mitgegeben hast.

Lauchstädt, 14.–18. Juli 1803
Haide hat sehr gut gespielt und wurde rausgerufen; überhaupt hielt Haide und Graff das ganze Stück zusammen. Die Maaß hat abscheulich gespielt. Und eine kleine Partie hatte sich vor-

genommen, zu pfeifen, aber die größere siegte mit applaudiren und bravorufen […]. Überhaupt, das war dieß Jahr der erste Lärm im Theater; denn gesungen ist noch gar nicht worden. Und ich muß sagen: die Hallenser sind brave Leute und echte biedere Zungen. […]

Bei Tische war alles prächtig; ich saß bei Lafontaine und bei dem jungen Dichter und habe mich gut unterhalten. Von Lafontaine müssen wir aber mündlich viel sprechen.

Weimar, 24. Mai 1810
Bei dem Theater geht alles ruhig und still fort. *So sind sie alle* kann künftigen Sonnabend nicht gegeben werden, denn als der Capellmeister [Müller] die zweite Probe halten wollte, waren alle Finale weg, man weiß nicht, wie es zugegangen ist, und der arme Organist Eylenstein sitzt auf der Wache, weil er sie im Theater hat liegen lassen; man vermuthet, daß es bloß, um dem Capellmeister einen Possen zu thun, geschehen ist. Nie habe ich Genasten noch in solcher Angst gesehen als wie da. Was aber das Schauspiel betrifft, ist alles ruhig, und alles freut sich, von mir zu hören, daß Du Dich so wohl befindest.

Weimar, 6. Juni 1810
So sind sie alle ist endlich aufgeführt worden; wir waren noch in Jena, aber man sagt allgemein, daß man seit Kranzens Direction nicht so eine Symphonie gehört hätte, und sie ist sehr applaudirt worden; er [Capellmeister Müller] hat auch ein ganz neues Arrangement im Theater gemacht, wie die Musici sitzen müssen, so daß die Violinen und die blasenden Instrumente, wie sie zusammengehören, auch beisammen sitzen. Den Violinen hat er einigen Raum zum ausstreichen gegeben, welchen freilich die blasenden Instrumente nicht brauchen. In der ersten Probe hatte sich jeder aber seinen Stuhl auf den alten Fleck gesetzt, so daß er so bös wurde und jedem sagte, daß er so etwas nie wieder leiden würde, und daß beinah Bucholz wegen dieser Veränderung, weil er es gethan hatte, vom Herzog wäre ins Gefängniß gekommen.

Weimar, 3. Juli 1810
Den Tod der Madame Teller wirst Du wohl von Genast erfahren haben. Madame Ackermann wird Dich wohl nun mit vielen Schreiben incommodiren. Aber zu einem Engagement wollte ich doch ja nicht rathen; es ist doch besser, Junge zu engagiren, da einige bei der Gesellschaft doch schon alt sind.

Lauchstädt, 15. Juli 1810
Lieber Geheimerath,
Es hat sich nach und nach von Badegästen hier so angefüllt, daß über 200 Personen hier sind und viele Fremde, die immer ab- und zugehen. Nun wissen sie sich beim Theater nicht zu helfen und geben gewöhnlich, wegen Abgang der Madame Teller, kleine und nicht gern gesehene Stücke, und das bloß, weil sie der Engels in den neuen Rollen die Kleider von der Teller nicht hier geben wollen; und ohne Kleider kann sie doch die Rollen nicht übernehmen, denn ihre Garderobe ist doch nicht darauf eingerichtet. Und weil, wie Du weißt, wie immer kein Entschluß von Weimar kommt, so werden darüber auch die guten Stücke vorenthalten. Gestern war *Egmont*; da war es wohl voll, und es wurde recht gut und zur Zufriedenheit aller Zuschauer gegeben. Die Scene mit Egmont und Clärchen ist außerordentlich gut gegangen, und ich und Caroline haben uns an diesem Stück einmal wieder recht erbaut. […] Gestern ist der Capellmeister Müller von Weimar hier angekommen, um das Bad zu brauchen; er hat mir gleich eine Karte geschickt und mich auch gleich in der Allee aufgesucht. Wir haben viel von Dir und vom Theater gesprochen; er hat mir aufgetragen, ihn Dir zu empfehlen und Dir zu schreiben, daß künftigen Winter sein einziges Bestreben nur sein sollte, Dir in Ansehung der Oper Freude zu machen, und auch wegen unserer kleinen Singakademie alles Mögliche dazu beizutragen, daß es Dich auch erfreuen sollte. Er meint, ohne daß Du in Weimar wärst, hätte er nichts anfangen wollen; doch er habe für das Ganze so viel Ernst und Freude, daß er wünschte, selbst mitzuwürken. Doch, meinte er, wäre Deine Gegenwart hauptsächlich dazu nöthig, das Übrige gäbe sich von selbst. Er spricht recht gut und gescheut über jede Lage; ich höre nur zu und lasse mir erzählen.

[…] Wegen des Theaters bitte ich Dich, sei doch so gut mir ein kleines Zettelchen beizulegen, daß ich manchmal ein paar Billets bekomme, und daß mein Mädchen auf den zweiten Platz gehn kann; vergiß dieß ja nicht, der Cassir wünscht es nur um der Ordnung Willen.

Immer wieder kündigt Christiane in ihren Briefen an, dass sie über das ein oder andere mit ihrem Schatz noch persönlich sprechen müsse. *„Es war Gesellschaft bei Sangusto"*, berichtet sie zum Beispiel am 23. Juni 1803. *„Ich ging hin und hörte wieder allerlei Meinung, welche ich Dir in Schlampamps-Stündchen alles mittheilen will."* Die Abschlussworte *„Mündlich ein Mehres"* werden fast zur Grußformel. Noch der vorletzte Brief Johann Wolfgangs an Christiane endet mit den Worten: *„Wie sich das alles in diesen Paradies-Gegenden treibt und reibt, ist höchst unerquicklich. Wie sehr wünsche ich, über alles das mit Dir zu sprechen. Und nun lebe wohl, meine herzlich Geliebte, und denke auf Unterhaltung für den Winter."* (19. September 1815)

Auch außerhalb des Theaters verlässt sich Goethe offensichtlich auf die Beobachtungsgabe und Menschenkenntnis seiner Frau. Sie wiederum sperrt Augen und Ohren auf; was sie wahrnimmt, wird in den Briefen nur in Andeutungen erwähnt, offenbar aber während der berühmten Schlampamps-Stündchen ausführlich besprochen. Worüber genau Johann Wolfgang und Christiane sich in solchen Stunden ausgetauscht haben, wissen wir nicht. Aber es scheint wichtig und oft wenig schmeichelhaft für die Betroffenen gewesen zu sein. Die Natur dessen, was Christiane Johann Wolfgang anvertraut oder auch hinterträgt, lassen die Stellen in ihren Briefen erahnen, in denen sie ihm ihre Beobachtungen über ‚Weimar und die Welt' mitteilt:

Weimar, 13. August 1797, nach der Rückkehr von ihrer ersten Frankfurt-Reise

Vor die schöne Reise und vor die viele Mühe und Beschwerlichkeit, die Du mit uns gehabt hast, sage ich Dir noch vielen

Dank. Ich werde noch sehr lang davon zu erzählen haben; in Weimar sind die Leute sehr neugierig und haben sich wegen unserer Reise allerhand Mährichen gemacht, die ich Dir, wenn mir wieder zusammen sind, erzählen will.

Weimar, 5. Oktober 1799
Ich bin letzt bei Kammer-Secretär Scheiben gewesen und bei Gerichts-Sekretär Rentschens. Da kann [ich] Dir aber versichern, daß in solcher Gesellschaft beinahe kein vernünftiges Wort gesprochen wird und so gelogen wird, daß man erschrickt; wovon ich Dir allerlei zu erzählen habe. Denn ich glaube, wenn Du wiederkommst, kommt auch meine frohe Laune wieder. Ich freu mich schon voraus auf das Stück, ob ich es gleich nicht kenne. Und wenn Du vergnügt bist, das ist mir lieber als alles.

Roßla, 13. August 1798
Der Herr Canzler ist ein Windbeutel; ich habe ihn gestern selbst erinnert, und er versprach, heute zu kommen, aber er ist nicht gekommen.

Weimar, 21. November 1798
Gestern Abend war ich bei der Matiegzek [Schauspielerin und Freundin Christianes], und wir saßen ganz ruhig und nähten. Auf einmal kam Herr Richter, und er hat uns bis 10 Uhr recht artig unterhalten. Aber, unter uns gesagt, er ist ein Narr; und ich kann mir nun denken, wie er bei den Damen Glück gemacht. Ich denke, ich und die Matiegzek, mir wollen noch oft unsern Spaß haben. Wenn Du wiederkömmst, sollst von Wort zu Wort unsere Unterhaltung erfahren. Die Matiegzek sagt, er spräche zu gelehrt, aber ich versteh beinahe alle Worte.

Weimar, 24. November 1798
Ich danke Dir vor das Rehebrätchen. Itzo gehen bei uns die Winterfreuden an, und ich will mir sie durch nichts lassen verbittern. Die Weimarer thäten es gerne, aber ich achte auf nichts. Ich habe Dich lieb und ganz allein lieb, sorge für mein Bübchen und halte mein Hauswesen in Ordnung, und mache mich lustig. Aber sie können einen gar nicht in Ruhe

lassen. Vorgestern in [der] Komödie kommt Meisel und fragt mich ohne Umstände, ob es wahr wär, daß Du heurathst, Du schafftest Dir ja schon Kutsche und Pferde an. Ich wurde den Augenblick so böse, daß ich ihm eine recht malicieuse Antwort gab, und ich bin überzeugt, der fragt mich nicht wieder.

Weimar, 27. November 1798
Deinen lieben Brief habe ich in Weimar erhalten, weil nichts aus unsrer Fahrt nach Kötschau geworden ist. Die Verliebten [Ernestine und Lützow] hatten übele Laune, und allein wollt ich nicht; da sind mir bloß hier herumgefahren. Aber ich bin sehr froh, daß ich nicht von den Launen so eines ehrbarlichen Liebhabers abhänge. Denn es ist was Elendes, so eine lange Liebschaft. Wir waren auch durch diesen Brief, den ich Dir hier mitschicke, auf heute zu einer Schlittenfahrt eingeladen, aber ich habe es gleich abgeschlagen. [...]

Den Herrn Richter habe ich, seitdem er sich in Jena ein Räuschchen getrunken hat und sich in die Madame Mereau verliebt, nicht gesehen. Daß es Dir gut geht, das freut mich; wenn Du mir aber schreiben würdest, daß Du kämst, so will ich mich auch recht freuen. Weil Dir meine Würste geschmecket haben, so schicke ich Dir wieder etwas. Leb wohl und habe Deinen Schatz lieb.

Weimar, 10. Mai 1799
Ich will diese Woche auch an die Mutter schreiben; ich hätte ihr gerne so ein schönes Exemplar von *Hermann und Dorothea* mitgeschicket, aber es sind noch keine angekommen. Man sagt hier, Du hättest vor die zweite Auflage wieder 800 Thaler bekommen, und ich lasse die Leute dabei.

Weimar, 20. Februar 1802
Sehr viel, was ich nicht gut schreiben kann, habe ich Dir zu erzählen. Die eine Geschichte muß zu bösen Häusern ausgehen, es ist gar zu starke; man führt sich am Arm über die Straße, und ist gar zu arg zärtlich. Es war auch große Schlittenfahrt hier, und der Herr von Kotzebue fuhr die Frau Gräfin; und wenn ich ausgehe, oder wir fahren aus, so stehn die schwarzen

Schecken immer vor der Thüre. Ich und der Professor haben immer unsern Spaß darüber. Leb wohl und behalte mich ja recht lieb. Und vergiß mich mit der Seife nicht.

Weimar, 18. August 1802
Alleweile erfahren wir, daß morgen die Herzogin Mutter eine freie Redoute gibt! Das wird ein schöner Spectakel werden. Aus Neugier müssen wir doch auch hingehen. Sollte jemand rüber fahren, schreibe mir ja, wie [es] mit meinem Bruder steht. Adieu, Lieber.

Weimar, 21. August 1802
Daß ich Hoffnung habe, Dich bald wiederzusehen, freut mich sehr, denn ich war Zeit her sehr verdrüßlich. Und was einen so verdrüßlich und mißmuthig macht, das ist, daß man hier nichts als traurige Geschichten hört. Es sind in kurzem drei greuliche Sachen geschehn, die ich Dir mündlich ausführlich erzählen will. Nun von der Redoute! Der große Spaß war, daß alles hin ging, um die Preußen zu sehen, und es kam auch nicht einer hin. Ich habe 2 Tänze und eine Quadrille getanzt und bin dann wieder zu Hause gefahren; habe aber von allen Damen großen Beifall wegen meines Kopfputzes gehabt, es sähe auch bei Nacht ganz wie gediegenes Gold aus, wovor ich Dir nochmals danke.

Weimar, 14. Dezember 1803
Unser gestriger Ball ist gut abgegangen. Der Gustel hat auch brav mit getanzet, liegt aber noch im Bette und wird dießmal wohl nur wenig schreiben. Ich bin munter und wohl. Gestern auf dem Ball habe ich einen jungen Menschen kennen lernen, den gewiß die Frau von Staël überall vorausschicket; er heißt sich Doctor Cassel [?] er wird mir diesen Morgen seine Aufwartung machen, er scheint mir ein Franzose und ein Narr. Ich habe im Saal einheizen lassen und habe Grüner und Wolff gebeten, 11 Uhr da zu sein, denn was soll ich mit so einem Narren allein machen?

Lauchstädt, 8. Juli 1803
Die hübsche Dicke, weiß ich nicht, wie sie heißt, aber sie läßt Dich recht schön grüßen und verspricht, wenn Du hinkämst, keinen Thee mehr zu trinken. Ich mache noch allen Hoffnung, daß Du kämst, aber aus Deinem gestrigen Briefe sehe ich wohl, daß Du nicht kommen wirst. Und quälen will ich Dich auch nicht. Und wenn es nur nicht gleich so viel kostete, so hätten wir sollen, wenn Du gekommen wärst, über Dessau und Wörlitz nach Hause gehen.

Und weißmachen thue ich noch allen, daß Du kämst, denn es thäte dem Ganzen schaden.

Lauchstädt, 11. Juli 1803
Nach der Komödie speisten wir im Salon, wo ich mit einer Fräulein von Biedersee Bekanntschaft macht und mit mehren Damen, die ich noch werde alle kennen lernen. Überhaupt, man ist hier sehr artig gegen mich; ich kann sagen, man ist artiger gegen mich als gegen andere Leute. – Mich hat es sehr gefreut, daß so viel Weimarer hier sind, die dieses alles mit ansehen.

Briefe wie der letzte, die ein klein wenig Schadenfreude und wohlverdiente Genugtuung beinhalten, zeigen, dass Christiane nicht blind ist, was die Haltung der meisten Weimarer ihr gegenüber angeht. Es ist kaum verwunderlich, dass gerade ihr üble Nachrede zuwider ist: *„Es ist nämlich ein neues* [Gefängnis] *erbaut worden unter dem Schloßthurm, wo schon viele von der Dienerschaft gesessen haben, die es aber würklich auch verdient haben, weil sie ihre Nebenmenschen bemakelt haben.“* (6. Juni 1810)

Naiv ist Christiane nicht. Es kann ihr kaum verborgen bleiben, dass sie von Charlotte von Schiller regelmäßig nur *„die dicke Hälfte“* genannt wird, dass andere Worte wie *„rundes Nichts“*, *„Vulpiade“* oder *„tolle Blutwurst“* über sie im Umlauf sind. Christian Gottfried Körner tadelt einmal sogar seinen guten Freund Schiller, der sich in einem vorhergehenden Brief über den *„alten Hagestolzen“* Goethe und dessen noch junges

Verhältnis mit der *„Mamsell Vulpius"* mokiert hat: *„Erstlich fragt sich vielleicht, ob die schlimmen Gerüchte von ihr gegründet sind* [...]. *Denke Dir den Fall, daß er dem Mädchen gut ist, daß alle Welt auf sie loshackt, daß er ihr in einer kleinen Stadt keine erträgliche Existenz verschaffen kann."* (11. November 1790; Schiller, S. 386)

Nur selten kommt Christiane auf ihren schweren Stand in Weimar zu sprechen, reagiert vielmehr mit Humor und fast trotzigen Liebesbeteuerungen gegenüber Johann Wolfgang – ganz nach dem Motto: ‚Jetzt erst recht'. Spurlos gehen die Sticheleien jedoch nicht an ihr vorüber. Zwar weiß sie dem missliebigen Weimarer Bürger, der sie 1798 auf eine mögliche Heirat Goethes mit einer anderen Frau anspricht, eine *„malicieuse"* Antwort zu geben, aber dann schreibt sie weiter: *„Weil* [ich] *aber immer daran denke, so habe ich heute Nacht davon geträumt. Das war ein schlimmer Traum, den muss ich Dir, wenn Du kommst, erzählen. Ich habe dabei so geweint und laut geschrien, daß mich Ernestine aufgeweckt hat, und da war mein ganzes Kopfkissen nass."*

Kein Jahr später kommt sie nach einer Enttäuschung durch falsche Freundinnen zu einem Entschluss, der möglicherweise ihr ganzes restliches Leben bestimmt hat: *„Ich werde immer mißtrauischer gen alle Menschen, weil sie nur immer aus Interesse mit mir umgehen. Ich werde es freilich nicht anders machen. Ich will mich also darüber wegsetzen und meinen Weg vor mich gehen, meine Haushaltung gut versehen und meinen Schatz lieb haben, und meine Freude an dem Buben sehen, und dann mannichmal eine steife Kaffee-Visite machen."* (Weimar, 5. Oktober 1799)

KAPITEL 5

Brillante Tage – Brieftagebücher aus Bad Lauchstädt

„Wenn ich reich wär, so ging' ich alle Jahr hierher; mir ist es, als finge ich erst an zu leben."
(Christiane Vulpius aus Bad Lauchstädt, 10. Juli 1803)

Weimar – das war für Christiane Vulpius/von Goethe der Alltag. Arbeitsreich, voller Liebe und Genuss (sei dieser geistiger oder leiblicher Natur), aber auch angefüllt mit Enttäuschungen und Anfeindungen. Langweilig war ihr Leben sicher nicht, so wie auch sie selbst keine langweilige Person war. Aber es war auch kein einfaches Leben, und manchmal liest man aus ihren Briefen den Wunsch heraus, sich zusammen mit Mann und Kind in die Geborgenheit der eigenen vier Wände – oder noch besser: des ummauerten Gartens – vor der harschen Außenwelt zurückzuziehen. Dieses Bedürfnis erscheint auf den ersten Blick fast überraschend, angesichts Christianes geselliger, fast ungestümer Natur. Würde sie im 21. Jahrhundert leben, wäre sie vom Typ her sicher ein ‚Partygirl'. Doch auch jemand wie Christiane braucht ihre Rückzugsmöglichkeiten, Orte, an denen sie ganz sie selbst sein kann. Und das ist entweder im vertrauten Kreis ihrer Lieben möglich – oder auf Urlaub.

Reist sie später, als Geheimrätin von Goethe, sogar ins prestigeträchtige Karlsbad, so bleibt ihr liebster ‚Urlaubsort' doch immer das kleine Bad Lauchstädt, das etwa 100 Kilometer nordöstlich von Weimar liegt. 1803 verbringt Christiane ihre erste Kur dort – alleine, ohne ihren Johann Wolfgang. Letzterer weilte ein Jahr zuvor in dem heimeligen, aber damals durchaus renommierten Heilbad, und zwar anlässlich der Einweihung des neuen Theaterhauses, das von da an während der Sommersaison von den Weimarer Schauspielern bespielt wurde.

Nach der Entdeckung seiner gerühmten Heilquelle Anfang des 18. Jahrhunderts hatte sich Lauchstädt schon vor dem

„Neuer Tanzsaal“ in Bad Lauchstädt,
Carl Benjamin Schwarz, 1785

‚Zuzug' des Weimarer Ensembles zu einem schmucken Kurort mit Badeanlagen, verschiedenen ‚Vergnügungseinrichtungen' sowie einem Sommertheater gemausert. Trotz seiner saisonalen Natur errang das Lachstädter Theater schnell einen guten Ruf. Es zog viele Studenten aus dem nahegelegenen Halle an, wo Theateraufführungen lange Zeit verboten waren, sorgte aber auch dafür, dass so einige kulturelle und intellektuelle Größen der Zeit Bad Lauchstädt anderen, größeren Bädern als Kurort vorzogen. Für die theaterbegeisterte Christiane nun war das kleine Städtchen das ideale Urlaubsziel: nicht zu weit weg von Weimar, voller Künstler und Schauspieler, mit täglichen Theateraufführungen und Tanzveranstaltungen und frequentiert von meist weltoffenen *„Bade-Gästen"*, die in ihr kein gesellschaftliches Ärgernis, sondern die Lebensgefährtin des großen Goethe sahen.

Am 13. Juni 1803 kommt Christiane in Bad Lauchstädt an. Sie verbringt ihre Zeit vor allem mit ihrer Freundin Silie, der Schauspielerin Petersilie Unzelmann. Wenn in den folgenden Briefen von ‚wir' die Rede ist, sind vornehmlich diese zwei Frauen gemeint, die sich offensichtlich sehr nahestehen. Beide sind sie ein wenig fremd in dieser kleinen, doch glanzvollen Welt, in der *„Comtessen"* auf Bällen tanzen und in der man sich zu *„putzen"* und zu benehmen hat. Aber Christiane weiß sich und Silie sichtlich *„durchzuhelfen"*. Man erhält fast den Eindruck, dass sie das Spiel von Schein und Sein, das die vornehme Gesellschaft auch in Bad Lauchstädt treibt, genießt und dass sie die Regeln durchschaut hat. Mit großem Gusto nimmt sie daran teil, ohne sich jedoch ganz von all dem Glitzer und Glamour blenden zu lassen. Sie tanzt, sie flirtet, sie plaudert und schäkert. Sie sieht sich die Menschen um sich herum an, freut sich an den vielen Vergnügungen, die Bad Lauchstädt zu bieten hat, aber scheint doch mit beiden Beinen fest auf dem Boden zu bleiben – selbst, wenn sie Tanzschuhe an den Füßen trägt. So wirft sie, die sich genauso wie Goethe sehr für schöne Dinge begeistern kann, einen kritischen Blick auf die *„überputzten"* reichen Damen, und statt mit ihnen zu konkurrieren – was sie ohnehin nicht könnte –, wählt sie ganz bewusst einen anderen Garderobenstil: *„Ich zog mich ganz simpel an, aber schön; that* *nichts von Ketten und gar nichts um, ging [in] die Allee und wurde gleich auf den Abend zu dem Ball eingeladen.*"

Sätze wie diese scheinen mir nahezulegen, dass sich Christiane in der vornehmen, aber ungezwungenen Gesellschaft von Bad Lauchstädt zu bewegen weiß und auch noch Spaß dabei hat. „*Man muss sich* [...] *in eine Art von Respect setzen*", schreibt sie und ihr ist klar, dass die „*Pferdchen*" – das heißt die Kutsche samt Bedienstetem, die ihr Goethe bewusst als Statussymbol mitgegeben hat – dabei durchaus helfen. Entsprechend „*artig*" verhalten sich die Kurgäste im Allgemeinen gegenüber Christiane Vulpius; die Tatsache, dass sie dies in ihren Briefen so oft erwähnt, unterstreicht noch einmal, dass sie ein solches Verhalten von den „*Weimaranern*" nicht gewohnt ist. Kein Wunder also, dass es Christiane mit Genugtuung erfüllt, wenn genau diese feinen Leute von daheim Zeuge ihres gesellschaftlichen Erfolgs in Bad Lauchstädt werden.

Auf seinen Wunsch hin schreibt Christiane ihrem Johann Wolfgang von ihrem Kuraufenthalt nicht nur Briefe, nein, es sind ganze Brieftagebücher, die sie verfasst. Die Schriftstücke von 1803, die während ihres ersten Aufenthalts in dem kleinen Bade- und Theaterort entstanden sind, geben deswegen einen ganz besonderen Einblick in Christianes Wesen. Wir begegnen hier einer euphorischen, ungebundenen Frau, fast ohne Sorge und voll Übermut. Sie sprudelt manchmal fast über, wenn sie diese ‚Tagebucheinträge' verfasst, setzt sich oft nach einer durchtanzten Nacht hin, um voll Begeisterung an ihren Liebsten zu schreiben, der ihr diesen Geschmack von Freiheit überhaupt ermöglicht hat. Man erhält den Eindruck, Johann Wolfgang hätte seiner Christiane diese ‚Auszeit' (um nicht von ‚Ausbruch' zu reden) geradezu aufzwingen müssen, und er tat ihr damit sicher etwas Gutes. Jeder braucht mal Urlaub. Auch Christiane Vulpius.

Die Christiane, die aus den ersten Lauchstädter Briefen zu uns spricht, ist eine glückliche, vielleicht sogar überglückliche Christiane. Deswegen bereiten diese Tagebuchbriefe ein besonderes Lesevergnügen. Gleichzeitig spiegeln sich in ihnen viele der Aspekte wider, die wir in den vorhergehenden Kapiteln im Einzelnen bereits kennengelernt haben: ihre Lebenslust;

ihre Freude am Genuss und am Tanz; ihre Liebe zum Theater, aber auch die enge Beziehung zwischen ihr und den Weimarer Schauspielern; ihre Rolle als Goethes Augen und Ohren sowohl im Theater als auch in der Gesellschaft; das Liebäugeln mit den *„Äuglichen“*, das doch nie der Beziehung zum geliebten Mann gefährlich werden kann; ihre Sparsamkeit und Sorge um den Haushalt; ihr Humor und ihre Schalkhaftigkeit; ihre unbändige Liebe zu Mann und Kind.

Die Lauchstädter Briefe als Ganzes erscheinen mir ein besonders klares Bild von Christiane Vulpius zu zeichnen. Deswegen ist der Aufenthalt vom 13. Juni bis zum 26. Juli 1803 im Folgenden fast in seiner Gesamtheit wiedergeben; nur Passagen, die schon an anderer Stelle in diesem Buch prominent wiedergegeben wurden oder zu sehr ins zeitgenössische Detail gehen, wurden hier zur Lektüreerleichterung ausgespart. Christianes Schilderungen ihrer *„brillanten Tage“* in Bad Lauchstädt sind nicht zuletzt Charakterstudie einer lebensfrohen Frau, die sich ihren Platz in der Welt erst erobern musste.

Lauchstädt, 13. Juni 1803
Und um 4 Uhr waren wir in Lauchstädt. Der Weg war nicht zum besten, und wir sind sehr langsam gefahren, um den Pferden nichts zu Leide zu thun. Sie befinden sich auch recht wohl, und es schmeckt ihnen gar herrlich. Man vermuthete mich nicht, und die Silie war nicht zu Hause. Und als sie kam, freute sie sich sehr. Ich packte aus, zog mein Reitkleidchen an, und als ich angezogen war, so erschienen die jungen Herrn vom Theater und bewillkommten mich alle. Und Unzelmann [Silies Mann] ist ganz glücklich, und er soll sich gut betragen. Es ist ihm auch schon 2 Mal bravo gerufen worden, in der *Braut von Messina* und in *Alte und Neue Zeit*. Und als wir am Tische saßen und speisten, so ließen mir die Herrn ein Ständchen bringen. Wir gingen in die Allee […]. Um 10 legten wir uns zu Bette, und um 11 Uhr bekamen wir wieder ein Ständchen, das gar nicht enden wollte; es wurden 9 Tänze gespielt, die ganz neu waren. Und so müde als man war, mußte man doch aufstehen

und ein bißchen huppen. Und um 1 Uhr bekamen wir ein mit lauter Clarinetten und Flöten *Es waren so selige Tage* und so weiter.

Viele Badegäste sind noch gar nicht hier, aber es ist alles bestellt und fast kein Quartier mehr zu haben. Alles aber erwartet Sie und Schiller. Ich habe auch gesagt, daß Sie beide so bald, als es Ihre Geschäfte zuließen, kommen würden. Ich bin sehr heiter und vergnügt; es ist mir, als hätte ich wieder ganz neues Leben bekommen. Und dieß danke ich alles Dir, Lieber, und werde ewig dankbar sein.

Mittewoch [eigentlich Dienstag, ein Versehen Christianes], den 14.

Heute frühe gingen wir in die Allee, und es wurde eine Wasserfahrt gemacht, und wir waren alle recht vergnügt. [...] Nach Tische gab es in der Allee eine Chocolade, und wir gingen nach Schottendorf. Wie ich zurückekomme, sehe ich die Jagemann und dachte gleich, daß ich Dir, Lieber, diesen Brief schicken wollte. Du mußt aber ja herkommen, weil alles auf Dich hofft, und wenn auch itzo nicht, aber wenn Du kannst. Bis Sonntag wird wohl der erste Ball sein. Leb recht wohl und grüße August recht herzlich und sage ihm: er soll sich nicht betrüben, es gäbe noch gar keine Kirschen, und die *Saalnixe* würde unter 3 Wochen auch nicht gegeben.

Leb wohl und behalte mich nur recht lieb. Das bittet Dich Dein treuer Schatz

Ch. V.

Lauchstädt, 15.–20. Juni 1803

Mittewoch, den 15. Abends kam die Mamsell Jagemann zu uns. Nach Tische gingen wir in die Allee und wurden zu dem Italiener, der auf dem Kohlhof wohnt, eingeladen. Und als wir hinkamen, fanden wir viele Gesellschaft, sehr guten rothen Champagner und waren recht vergnügt; wovon ich Dir mündlich allerhand erzählen will.

Donnerstag, den 16., haben wir in der Eisbude gefrühstückt; gingen spazieren, wurden aber von einem Regen erwischt, welches uns großen Spaß machte. Nach Tische kam ein großes Gewitter, welches sehr viele Fremde zurückhielt. [...]

Früh, wie mir aufstanden, haben mir dieses Gedicht gemacht [siehe Beilage am Ende des Briefes].

Freitag, den 17. machten wir Mamsell Jagemann die Gegenvisite und waren recht ausgelassen. Die Wöchner aber sind recht unglücklich über das Wetter. 12 Badegäste sind itzo hier.

Heute sind wir in Merseburg gewesen und haben einen besonderen Postmeister kennen lernen, der uns großen Spaß gemacht hat.

Abends hatten wir wegen Feier dieses Gedichtes Punschgesellschaft und bekamen ein schönes Ständchen. An wen dieß Gedichte ist, müssen Sie rathen.

Sonnabend, den 18., frühe schickten wir zu dem *Opferfest* noch allerhand. Nach Tische hatten wir mit dem Anzug zu thun. Ich ließ der Jagemann den Wagen anbieten, und die Silie und diese fuhren beide zusammen. Die Oper ging recht gut, […].

Sonntag, den 19. Heute wollen wir sehen, wie es gehen wird, ob auch ein Bällchen zum Vorschein kommt. Heute beim Erwachen habe ich mich recht zu Dir und dem lieben August gewünscht; nun kommt doch auch die Sehnsucht wieder. […] Die Meerweiblichkeit ist itzo da, [da] habe ich noch nicht baden können. Sobald es aber vorbei ist, so will ich anfangen. Hier wird es wohl schön werden, wenn ich wieder fort muß, denn Bade-Gäste wollen sich noch gar nicht sehen lassen. […]

Montag, 20., waren wir wieder in Merseburg und haben in der Kirche und Schloße sehr schöne Sachen von Lukas Cranach [gesehen], welche Du, wenn Du herkömmst, sehen mußt.

Ehlers läßt Dich bitten: ob es der Herr Hofrath Schiller wegen der Frei-Exemplare auch bei Herrn Cotta besorget hätte.

Lebe recht wohl und gedenke mein. Viele tausend Grüße an meinen lieben August.

[Das im Brief erwähnte Gedicht liegt dem Brief auf einem extra Blatt bei]

An diesem erfreulichen Tage begrüßen recht freundlich wir dich! Wirf von dir die größte Plage, sei ein Procentchen recht glücklich; nimm hin dieß kleine Gedichte – es ist zwar eine curiose Geschichte, daß wir es wagen zu meditiren, denn du verstehst leider mehr als multipliciren.

Käme es nur von da drüben herüber, es Hilfe dir am Ende wohl gar vors Fieber; jetzt aber mußt du dich begnügen, sollt es auch nach Stümpern riechen.

Wir setzten die Worte gern recht scharmant, wenn uns nur kämen die Musen zur Hand; käm eine nur her, sich zu baden, so wär uns gleich gerathen.

Genug, es muß dein Herz schon rühren, wenn wir nur die Feder führen, das sind wir überzeugt, drum wirds uns auch so leicht. So wünschen wir dir Glücks die Menge in die Ferne, in die Breite und in die Länge; wir wünschen dir zu sein recht froh unter Palästen und Hütten von Stroh. Nun aber müssen wir schließen, um deine Augen zu schonen, denn Thränen sehen wir fließen, und dieß schon kann uns lohnen.

Lauchstädt, 27. Juni–4. Juli 1803

Montag, den 27. Es wurde die *Turandot* gegeben. Die Einnahme war 82 Thaler. Nach der Komödie gingen wir nach Hause zu Tische, und alsdann noch in die Allee. Wir müssen auf unsrer Hut sein, man will uns unsre Äuglichen und Curmacher wegkapern [...]; wir wollen nur erst sehen, daß wir etwas Anders kriegen und etwas Besseres, alsdann kann sie die Jagemann bekommen. Es ist recht lustig, wie man da keine Barmherzigkeit mit einander hat; das macht mir viel Spaß, und ich habe Dir allerhand lustige Streiche zu erzählen.

Dienstag, 28., gingen wir frühe in die Allee [...]. Von [da] gingen wir in das große Haus vom Kirchhof gegenüber, wo eine neue Wirthschaft angelegt ist, und wo man sehr gut essen soll, und wo wir nächstens auch essen wollen. Man kann sich da seine Gesellschaft aussuchen und kann da recht gut essen. Das wär da so was vor Dich und Schiller. [...] Und in dem neuen Hôtel sind recht schöne Logis, wo die Zimmer in Garten gehen. Es ist aber nichts schöner als Abends unter dem Zelte, etwa eine Gesellschaft von 16 Personen, da ist es gerade recht.

Alleweile, Abends um 10 Uhr, kommen wir von Sangusto, wovon ich Dir mündlich erzählen will. Heb nur das auf; wenn ich zu Dir komme und es wieder durchlese, so erinnre ich mich nachhero wieder an alles.

Mittewoch, den 29., frühe gingen wir in die Allee, und zu unsrer Lust sehen wir, daß wir wohl einen von unsern Begleitern loswerden werden; das macht uns aber Spaß, denn nun kommt wieder etwas Andres. Und die Jagemann muß doch auch etwas haben. Es war Probe von *Iphigenie*. Da habe ich sehr viel mit Haide gesprochen, an das Du mich auch erinnern mußt. Nach Tische ging ich die Allee, und mein schwarzköpfichtes Breslauerchen [einer von Christianes jungen ‚Kurschatten'] war da. Wir gingen in die Loge […]; der Herr von Deinel [?] wollte in unsre Loge. Der Cassir aber sagte, die Loge wär mein, wen ich [nicht] mitnähme, der könnte nicht hinein; und so wurden wir ihn los. Es wurde *Die Schachmaschine* gegeben, und die Einnahme war 66 Thaler.

Nach der Komödie speisten wir unter dem Zelte in Demskis Garten; die Madame Beck und die Götzen war mit, auch Bode und Hain, und es war eine bürgerliche Gesellschaft. Es waren auch ein paar artige Studenten dabei, und es war recht hübsch; auch haben wir etwas getanzet. […]

Alleweile bekam ich Deinen Brief und bin vor Freuden außer mir, und der guten Mutter ihr Brief hat mir auch große Freude gemacht. Wie ich Dir für alles Gute danken will, weiß ich gar nicht. Du machst mich sehr glücklich. Mit meinem Gelde will ich wohl noch reichen. Aber nur wegen der Pferde ist nur 3 Wochen gesorget, aber es macht etwa gegen Weimar die Woche nur 2 Thaler Unterschied, und das verdienen sie hundertfach. Und Du, mein Lieber, gibst es gerne. Denn freilich nun wird es erst recht schön und lustig.

Freitag, den 1. Juli, fuhren wir um 2 Uhr Morgens nach Naumburg. Die Fahrt war so, wie ich Dir sie beschrieben habe […]. Um 7 Uhr kamen wir dann an und um 8 Uhr gingen wir zur Matiegzek [Schauspielerin, eine alte Weimarer Freundin von Christiane], die ganz außer sich vor Freuden war. Alsdann frühestückten wir zusammen auf dem Keller, wo viele Juden kamen; es wurde sich aber sehr tugendhaft betragen und nichts gekauft. Alsdann gingen [wir] wieder zur Matiegzek und holten die ab und speisten auf einem sehr brillanten Kaffee-Hause, wo es mir sehr viel Vergnügen machte, denn es wurden hier ganz *Die Theatralischen Abenteuer* aufgeführt. Der Director machte der Matiegzek die Cur und so weiter; welches für uns auch eine gute Unterhaltung gibt.

Alsdann gingen wir in [den] Bürger-Garten, wo ich auch ein recht spaßhaftes Abenteuer hatte, indem ich von einem sehr artigen jungen Berliner ein rechtes spaßhaftes Abenteuer hatte, der mich vor eine Weimarische Schauspielerin hielte; wovon ich allerlei erzählen will. Aber Ehlers hatte mir den Spaß ohne seinen Willen verdorben, und es wurde sehr gelacht. Alsdann gingen wir in [die] Komödie, wo *Die Hussiten* aufgeführt wurden. Ein schlechtes Stück unter aller Kritik aufführen zu sehen, das ist schrecklich. Nach der Komödie um 11 Uhr fuhren wir zurück, und um 4 waren wir zu Hause.

Sonnabend, den 2. Juli, schliefen wir bis 1 Uhr Mittags, schliefen wir bis 1 Uhr! Ist das erlaubt? wirst Du sagen. Aber auch 2 Nächte nicht geschlafen!

Es kamen Fremde von Leipzig, die Silie kannte; ich mußte mich putzen und mit in die Allee gehen. Alsdann ging ich allein [in] die Komödie; es wurde *Wallensteins Lager* gegeben und *Der Stammbaum*, die Einnahme war 148 Thaler. In die Loge zu mir kam Herr von Nostiz, der große Offizier, und ladete mich zu dem Ball ein. Ich tanz[t]e die erste Ecossaise mit ihm vor. Aber, mein Gott, wie schön tanzte der! Ich habe selbst noch nicht so schön getanzet. Alles sah uns zu, und es wurde auch mit ihr [?] getanzet. Dieses schreibe ich noch, als ich um 1 Uhr vom Balle komme. Das war ein Tänzer! So habe ich noch mit keinem getanzet. Ich habe aber auch 6 Tänze mit ihm getanzt.

Vor der Komödie kam Schiller und der Professor Gentz. Ich habe von beiden den Wein erhalten und danke Dir herzlich dafür. Das ist wieder ein Beweis Deiner großen Liebe, wie sehr Du an mich denkest. Wenn ich Dir nur auch so viel Gutes erzeigen könnte! Aber lieben thue ich Dich immer mehr und unaussprechlich. Daß Schiller hier ist, gibet gleich ein anderes Leben. Nur wünschet man auch Dich; wenn Dir es möglich ist, komm ja. Und von Dir soll es ganz allein abhängen, wenn ich kommen soll. Sehr schöne ist es hier; es sind noch mehr Bade-Gäste hier, und man ist noch artiger als voriges Jahr gegen mich. Das macht aber auch der Bediente, Kutscher und die schönen Pferde.

Sonntag, den 3. Juli, habe ich in der Allee ein Déjeuner gegeben, den Leipzigern und denen, die hier artig gegen mich sind. Es waren 18 Personen. Der Karl und der Kutscher mußten aufwarten. Es war sehr artig und anständig. Auch habe ich Schiller gesprochen. Ich sollte mit im Salon speisen, aber es war zu brillant, und ich war nicht darauf eingerichtet. Die Jagemann kam aber in ihrem ganzen Schmuck; so geputzt habe ich sie in Weimar nicht gesehen. Ich zog mich ganz simpel an, aber schön; that nichts von Ketten und gar nichts um, ging die Allee und wurde gleich auf den Abend zu dem Ball eingeladen und wurde auch zugleich auf 10 Tänze engagirt. *Die Braut von Messina* war, und die Einnahme war 248 Thaler. Es war aber nicht im Theater auszuhalten vor Gluth; ich ging heraus und kam kaum bis an Salon, als ein großes Gewitter kam. Ich habe mit Schiller an einem Tische gesessen, und wir waren sehr vergnügt. Nach Tische wurde getanzet [...]. Auch war mein Schwarzköpfchen und Herr von Spiegel [da] und viele Bekannte. Denn ich habe mehr Bekanntschaft als voriges Jahr. Kurz, es gefällt mir höllisch, und Du hast mich sehr glücklich gemacht. Und wenn Du noch hierher kommst, so bin ich ganz glücklich. Auch nach dem August sehne ich mich recht. Manchmal denke ich mir aber doch, daß ich Dir vielleicht nöthig bin. Bei Zahlung des Geldes da wirst viel zu thun haben, und ich wäre Dir doch wohl nützlich. Schreibe mir darüber; ich möchte Dir gerne auch beistehen.

Schiller logirt auf dem Kohl-Hofe. Nach dem Balle brachten sie ihm ein Vivat mit Trompeten und Pauken. Schreibe mir nur aufrichtig, wie es in der Haushaltung geht, und sei nicht verdrüßlich, und denke nur, wie glücklich und vergnügt Du mich machst. Leb wohl und denke mein. Deine Gesundheit wird oft im Salon getrunken. Morgen will ich nach Giebichenstein fahren und übermorgen baden. Adieu, mein Liebstes. Geist soll Karlen noch ein Schreibebuch machen und mitschicken.

Lauchstädt, 4.–10. Juli 1803

Montag Abends. *Die natürliche Tochter* hat sehr gefallen und allgemein, aber man wünscht sie nur noch einmal zu sehen. Sie haben auch alle recht gut gespielt, besonders Graff und die Miller haben besser als in Weimar gespielt. Und man wünschte nur, daß Du hier sein möchtest. […] Die große Gesellschaft wurde sehr lustig, es wurde das Reiterlied und *Ein freies Leben* gesungen und dabei sehr viel Champagner getrunken. Ich sprach lange mit dem Herrn Hofrath Schiller; und als die Herren Offiziere zu lustig wurden, so gingen wir mit unserer Gesellschaft weg und fuhren noch bei Mondenschein auf dem Kahn. Das hat mir sehr gefallen. Sehr oft dachte ich aber: wenn nur der gute Schatz auch dabei wär! Der Geheime Rath war auch ein richtig lustiger Mann. Die Einnahme in der *Natürlichen Tochter* war 209.

Dienstag, den 5. Wein habe ich erhalten. 6 von dem Herrn Professor Gentz, 6 von Herrn Hofrath Schiller, 6 von Stallmeister Müller und 3 von Mademoiselle Probst [Wilhelmine Probst, eine gute Bekannte Goethes], wofür ich Dir den besten Dank sage. Man gibt mir die Schuld, ich brauche eine Weincur; es ist aber auch zu viel. Von dem bessern sollst Du, wenn Du kömmst, noch finden. Heut frühe blieb ich zu Hause, um allerlei in Ordnung zu bringen. Nach Tische kam ein sehr großes Gewitter. Die Wetter sind sehr stark hier. Unter der *Braut von Messina* kam so ein heftiges Gewitter, daß allen angst und bange wurde. Ich hatte mich aber bei Zeiten heraus und in den Salon geflüchtet. […]

Mittewoch, den 6. Heute frühe war ich bei Mamsell Probst. Nach Tische fuhren wir spazieren und wollten uns Tauben [?] holen, bekamen aber keine. Erdbeer-Kalte-Schale mache ich mir sehr oft. Wenn man gar nichts hat, ist das das Allerbeste. Nach Tische gingen wir in die Allee und wurden vom Graf Oertzen und von Herrn von Nostitz und von dem Lieutenant Stümler auf morgen frühe zu einem Frühstück und zu einem kleinen Manöver, das sie machen wollen, eingeladen. Es soll bei Bündorf sein; da wollen wir hinfahren. Ich freu mich, es zu sehn. Wer 3 Hiebe bekömmt, ist gefangen und muß bei der Zurückkunft 3 Bouteillen Champagner geben. Und wer in das Kornfeld reitet, der ist ersoffen. Also wollen wir sehen, wie es abläuft. Es ist schade, daß morgen die Jagemann weggehet; sie sagte aber, sie käme wieder. Heute wollte man vor gewiß sagen, Du kämest nicht; das hat mich den ganzen Tag verstimmt.

Schiller scheint sich aber hier gut zu amüsiren. Heute frühe fuhren sie auf dem Kahn und Bode wurde auf dem Entenhäuschen ausgesetzt, und alsdann schickte man die Wache, ihn abzuholen, und es ging nicht. Da fuhr Schiller allein hin und holte ihn. Alsdann fuhren wir auch, Abends gingen wir in das Theater, ich nahm Mamsell Probst mit. Die Einnahme war 73. Es wurde *Die Verwandtschaften* von Kotzebue gegeben. Und dießmal gingen wir zeitig zum ersten Mal zu Bette. Trotz den vielen Vergnügen aber fällt mir sehr oft ein, daß ich nun schon lange hier bin, und daß es Dir doch auch viel kostet. Darum bitte ich Dich, wenn Du wieder von Jena zurück bist, so schreibe mir, ob Du noch Lust hast, zu kommen. Denn ich weiß wohl, daß es Dir keinen Spaß macht hier. Sobald Du mir dieß ordentlich schreibst, so komm ich auch gleich. Denn mit dem Kutscher und allem ist es doch ein bißchen zu stark, daß ich die Ausgabe allein mache. Ich weiß wohl, daß Du sehr gut bist und mir alles gerne gönnest; aber mir ist es selbst nicht recht und habe Vergnügen genug gehabt. […]

Donnerstag, den 7. Juli. Alleweile kommen wir von dem Feldzuge, und ich habe mich sehr amüsirt, es war prächtig, es hat mir außerordentlich gefallen; so etwas habe ich noch nicht gesehen. Eine Partie hatte grüne Büsche und eine weiße Binde, das waren die Schweden; eine Partie Wagen und Reiter waren auf der einen, die andern auf der andern Seite. Ich war bei den grünen Büschen, Schiller war neutral. Gefangen ist keiner worden, und unsere Partie ist verrathen worden, und es hat keiner gesiegt. Mir war nur bange vor unsern Pferden wegen des Schießens, denn es wurde höllisch geschossen. Es wurde unter einer Brücke mit Flinten geschossen, um und neben uns; erst machten die Pferde ein bißchen Spectakel, aber sie gaben sich bald nachher. Wie es vorbei war, so ritten die andern alle in Ordnung herein und Schiller mit; wir fuhren nach, und übern Marcht und nach dem Kohl-Hof. Auf einmal kamen die Reiter zurück, und gleich dicht neben unserm Wagen stürzte der Herr von Deinel [?], daß ich sehr erschrocken bin. Es hat ihm aber nichts gethan, es ist gut abgegangen; nur Nostitz ist etwas an der Hand blessirt. Und um 11 Uhr kamen wir zurück und frühstückten bei Sangusto. Wir wurden auch zu Mittag in Salon eingeladen, aber wir gingen nicht hin, weil es doch nun ein bißchen zu lustig werden wird. Aber Schiller ist bei allem. Den übrigen Tag blieben wir zu Hause; auf den Abend ging ich in das Theater, mit Mamsell Probst, und habe mich sehr ernsthaft mit Herrn von Nostitz unterhalten. Welches ich Dir mündlich erzählen will. Die Herrn hier sind gegen mich und die Silie außerordentlich höflich und artig. Man muß sich aber nur von Anfang in eine Art von Respect setzen, und das haben wir gethan. Die Mamsell Probst hat sich recht über uns gewundert, aber auch gefreut. Es ist uns noch nichts Unangenehmes begegnet; aber andern ist schon mancherlei geschehn. […]

Freitag, den 8. Heut frühe war ich in der Allee und habe etwas zu dem Mitbringen vor die Mägde eingekauft, und unser Schwarzköpfchen [getroffen]. Wir gingen zusammen spaziren, es ist ein sehr artiger junger Mann. […]

Sonnabend, den 9. Heute frühe sind sehr viele Weimaraner gekommen. […] Die 14 Tage wird es noch schön werden. aber den 26. komm ich gewiß.

Heute frühe wurde der Putz von morgen zugerichtet; denn itzo muß man gut erscheinen. Es sind sehr viel Comtessen hier, die recht herausgeputzt sind.

Nach Tische gingen wir in die Allee und trafen da alle Weimaraner an; wir gingen zu Sangusto und bleiben da bis zur Komödie. Es war *Das Mädchen von Marienberg*, welches mir noch nicht so gefallen hat. Die Maaß hat dießmal sehr schön gespielt. […]

10., Sonntag. Heute wird es sehr voll; und frühe wollen wir den Herrn Hofrath besuchen, um zu hören, ob es wahr ist, daß er fort will. Ich kann mir gar nicht vorstellen, wie es hier jemand nicht gefallen kann. Wenn ich reich wär, so ging' ich alle Jahr hierher; mir ist es, als finge ich erst an zu leben. Und im Stillen danke ich Dir, Lieber, immer dafür und bitte Gott, daß er Dir für diese Güte wieder allerlei Gutes erzeigen möchte; denn ich weiß sehr gut, daß es kein anderer Mann thät. Du sollst mich aber auch noch in der Ewigkeit dankbar finden.

Mittag waren wir im Salon sehr lustig. Wir speisten im Salon und mit dem Herrn Hofrath Schiller an einem kleinen runden

Tische, wo es mir sehr gefallen hat. Aber Herr Hofrath will fort, weil er hört, daß Du nicht kömmst. Deinen Brief habe ich unter [der] Komödie erhalten, Sonntag um 7 Uhr. Dieser Brief hat mich sehr glücklich gemacht! Wie Dich gibt es keinen Mann in der ganzen Welt. Und wegen der Augen kannst Du ganz außer Sorge sein; aber Äuglichen gibt es, daß man sich nicht zu retten weiß. Heute Abend ist Ball, und ich bin schon [für]10 Tänze engagirt. Leb wohl, ich muß schließen. Behalte mich nur so lieb wie ich, Dein Dich ewig liebender Schatz.

Lauchstädt, 11. Juli 1803
Was mir Dein lieber Brief von gestern vor Freuden gemacht hat, kann ich Dir gar nicht beschreiben und Genast hat ihn schon zu Mittag gehabt. […] Es wurde *Der argwöhnische Liebhaber* gegeben. Die Einnahme war 202 Thaler. Becker und Haide wurden herausgerufen. Nach der Komödie speisten wir im Salon, wo ich mit einer Fräulein von Biedersee Bekanntschaft machte und mit mehreren Damen, die ich noch werde alle kennen lernen. Überhaupt, man ist hier sehr artig gegen mich; ich kann sagen, man ist artiger gegen mich als gegen andere Leute. – Mich hat es sehr gefreut, daß so viele Weimarer hier sind, die dieses alles mit ansehen. Der Ball war so schön als ich hier noch keinen erlebt habe; es waren gewiß 100 Frauenzimmer und meistens lauter Fräulein und Comtessen, und ich habe alles getanzet, was getanzet worden. Ich weiß auch gar nicht, wie es dieß Jahr ist, das Tanzen wird mir so leicht, ich fliege nur so, und vergnügt bin ich immer sehr. Schöne Mädchen sind dieß Jahr hier, die Fräulein von Biedersee ist ein liebenswürdiges Kind. […]

Nach der Komödie haben uns die Herren Offiziere und der Herr Hofrath Schiller zu einem Soupé und Ball bei Chryselius eingeladen. Morgen sollst Du auch erfahren, wie es da war. Das Baden habe ich mehre Tage ausgesetzt, denn bei dem vielen Tanzen will es doch nicht recht gehn; aber Mittewoch, so soll es wieder angehn. Ich komm mir schon viel schmäler vor; ob es wahr ist oder Einbildung, weiß [ich] nicht. Aber schön ist es hier, immer kommen noch Bade-Gäste an, und wird noch immer mehr bestellt. Wenn Du nur nicht verdrüßlich wirst, wenn ich noch 14 Tage hier bleibe. Wenn ich freilich gewußt hätte, daß ich so lange hier bliebe, so hätte ich die Pferde wieder zurückgeschickt; aber so sieht es freilich stattlicher aus. Heute will ich wieder ein bißchen ausfahren. Zu erzählen habe ich Dir gewiß auf ein ganzes Jahr. Mein Breslauer Äuglichen [das ‚Schwarzköpfchen'] hat sich so stattlich herausgeputzt, daß es sehr gut aussieht, und tanzen thut es auch sehr gut. Genug, die Weimaraner waren erstaunt.

Aber es muß immer aus einer Zerstreuung in die andere gehn; sonst, wenn ich zu Hause bin, habe ich manchmal den Gedanken, Du willst morgen anspannen lassen und fort reisen, denn nach Dir sehne ich mich sehr, auch nach dem Kinde, und an die Garten- und Haushaltung darf ich gar nicht denken, so werde ich doch ängstlich. Schreibe es mir ja, wie es geht, und sage doch der Ernestine, sie soll ein Loos dieß Jahrmarkt von Töpferwaare nehmen. Nun gingen wir in die Allee, von da in die Probe von der *Jungfrau* [*von Orléans*], wo es sehr lustig war. Wie aber der Zug soll zusammenkommen, weiß ich noch nicht; die Wöchner sind noch ganz untröstlich. Ich sollte auch der Silie ihren Bräutigam machen, aber ich habe mich schön bedankt; denn wenn so was herauskäme, ich ließ' mich nicht wieder sehn. […] Nun, Lieber, lebe wohl. Und heut und morgen will ich und die Silie Deine Gesundheit im Stillen trinken; sowie sich letztere auch in Deine Gnade empfehlen läßt. August grüße herzlich, und er soll mir schreiben, was ich ihm mitbringen soll. Leb wohl.

Lauchstädt, 12.–13. Juli 1803
Dienstag, den 12. […] Alleweile komme ich von dem Soupé und Balle, wo es sehr artig war, und wovon ich Dir allerlei zu erzählen habe. Von dem Herrn Hofrath hat es mich sehr gefreut, daß er sich bei Tische zu uns setzete, denn es waren sehr viel lustige Offiziere da, die sich aber alle sehr gut benommen haben. Es wurde auch sehr viel getanzet. In der *Jungfrau* [*von Orléans*] war es sehr voll. Die Einnahme war 358 Thaler. Die Miller wurde rausgerufen, und alles war zufrieden. Auch hat die Miller eine sehr schöne goldene Kette auf das Theater geschickt gekriegt.

Heute frühe gingen wir in die Allee, denn ich mußte mir Schuhe kaufen, weil sie alle durchgetanzt sind. Alsdann hatten wir zu Tische Bode, Hain, das Schwarzköpfchen. [...] Nach dem Ball mußte ich mich aber ganz umziehn, denn ich war wie aus dem Bade gezogen. Karl brachte mir aber gleich mein Schälchen, und ich zog mich warm an und ging zu Demski, wo folgende Gesellschaft war: Madame Beck, Maaß mit ihrer Tochter, ich, die Silie und Götz, von Herrn: Bode, Hain, das Schwarzköpfchen und noch 2 artige Studenten, der Cassir, der Doctor Stoll. Und der Herr Hofrath Schiller hatte auch kommen wollen, war aber auf dem Sopha eingeschlafen und kam nicht. Auch war ein [Pole] da, der eine sehr schöne Stimme hat; der spielte auf der Guitarre und sang, und wir waren alle sehr vergnügt.

Mittewoch, den 13. Heute frühe muß [ich] alles wieder, was zu am Zeug war, in Ordnung bringen, denn ein Staat ist hier, und da muß man doch auch nur sehen, daß man ein bißchen reinlich aussieht. Es ist gut, daß Du nicht hier bist, denn es sind 3 Putzhändlerinnen hier; und wenn Du hier wärst, so würde gewiß allerlei gekauft. Ach Gott, es sind gar zu schöne Sachen, ich sehe gar nicht hin. Doch trotz alle dem Putz tanze ich mehr als die überputzten Damen und bin sehr lustig. Wenn Du nicht kömmst, welches ich wohl glaube, so bleibt es dabei, daß ich Dienstag, den 26. Juli, nach dem Thé dansant abreise und Mittewoch, den 27., zu Mittag in Weimar bei Dir wieder bin, worauf ich mich sehr freue. Diesen Brief muß ich nun schließen, weil morgen der Herr Hofrath Schiller ihn mitnehmen will. Heute ist *Der Hausfriede*. Heute Morgen bin ich ausgefahren. Das vergess ich Dir immer zu schreiben; aber Du glaubst gar nicht, was so eine Equipage und Bedienter vor einen Respect verschafft. Es macht mir mannichmal rechten Spaß. Wenn ich aber zu Hause komm, wirst Du mich sehr schmal finden, denn alles ist mir zu weit; es ist von dem vielen Tanzen und Baden. Ich befinde mich aber außerordentlich wohl dabei. Aber zu Dir sehne ich mich recht herzlich, und meine Erzählung wird Dir gewiß Freude machen. Ja viele Grüße an meinen lieben August! Und wenn Rudolf Platz hat, so will ich ihm Kirschen mitschicken. Mit diesem Wagen könnte, wenn jemand dabei wäre, August mitkommen, aber allein ja nicht, denn da könnte er ein Unglück nehmen [August ist zu diesem Zeitpunkt 12 Jahre alt]. Denn ich möchte doch jemand wiedersehen. Wenn Du es aber wärst, so wäre ich ganz glücklich. Leb wohl und behalt mich nur lieb und schreibe mir, ob Du 2 Briefe durch Schmidt, einen durch den Herrn von Hennig bekommen hast. Schreibe mir ja durch diesen Kutscher ein paar Worte. Leb wohl und gedenke mein. C. V.

Lauchstädt, 14.–18. Juli 1803
Mittewoch wirst Du von dem Herrn Hofrath erfahren haben, wie die Komödie abgelaufen ist. Es war *Der Hausfriede*. Die Einnahme war 69 Thaler 12 Groschen. Ich befand mich wegen der Meerweiblichkeit nicht ganz wohl und hatte mich sogleich nach der Komödie ins Bette gelegt. […]

Freitag frühe, heute, um 7 Uhr fuhren wir nach Halle und um 9 Uhr waren wir da, ich, die Silie und Ehlers. Wir gingen zur Parade, wo Herr von Fircks war, und der führte uns nach dem Berg-Garten, wo wir Herrn von Wangenheim antrafen. Wir frühstückten hier, und um 12 Uhr gingen wir zu Niemeyers […]. Bei Tische war alles prächtig; ich saß bei Lafontaine und bei [einem] jungen Dichter und habe mich gut unterhalten. Von Lafontaine müssen wir aber mündlich viel sprechen. Nach Tische spielte Ehlers etwas, und alles war zufrieden. Auch waren wir im Garten. Und um 7 Uhr gingen wir in [den] Gasthof zurück. Aber als wir dahin kamen, kam ein schröckliches Gewitter, und der Kutscher hatte keinen Muth, zu fahren, denn es wurde mit einmal ganz dunkel, als wollte die Welt untergehn, und wir entschlossen uns, im Gasthof zu bleiben. Kaum hatte das der junge Dichter erfahren, so standen auch gleich einige Erfrischungen da, als: Erdbeere, Wein, Kirschen, Backwerk, Kuchen. Auch das Schwarzköpfchen kam. Wir speisten zusammen, und heut, Sonnabend 16., frühe fuhren wir weg und waren um 8 Uhr in Lauchstädt; und wie groß meine Freude war, als ich ankam und den lieben August antraf, kann ich Dir nicht beschreiben.

Ich ging gleich mit ihm in die Allee, kaufte ihm Schuh und grünes Mützchen, welches überhaupt getragen wird. Alles freute sich, ihn hier zu sehen; nur hat er sein Stammbuch vergessen und läßt seinen lieben Vater bitten, es ihm zu schicken. Es liegt im Bücher-Schranke, die Schlüsseln liegen in seinem Tischkasten. Denn nach Halle muß ich doch mit ihm, und auch nach Merseburg; aber nach Dessau wird es wohl nichts werden. Die Ursachen will ich Dir alle mündlich erklären, und Du wirst mir gewiß Recht geben. Die Sehnsucht nach Dir ist sehr groß; wär Gustel nicht hier, ich wär gestern schon abgereist. Aber da soll es dabei bleiben: Dienstag, den 26., nach dem Thé dansant fahren wir weg und sind Mittewoch bei Zeiten bei Dir. Worauf ich mich sehr freue, denn nun habe ich alles satt und genug.

Sonnabend Abend gingen wir nach der Komödie; es wurde *Das Epigramm* von Kotzebue gegeben. Die Mamsell Maaß wurde krank und konnte die letzte Scene mit Haide nicht spielen. Aber Haide [hat] sich so gut und die andern mit Extemporiren [= eine improvisierte Einlage (auf der Bühne) geben; aus dem Stegreif reden, schreiben, musizieren usw.] geholfen, daß man es gar nicht merkte. Weil es die letzte Scene [war], ward es gar nicht bemerkt. Und nach der Komödie war ich im Salon; so sagte mir Mamsell Jagemann, daß es nichts als Verstellung gewesen sei; sie hat sich früh über Haide geärgert, wo sie wegen des *Alarcos* sprachen, welches ich gehört habe. Ich war dabei. Haide sagte ihr, sie solle doch in so einem Stücke nicht lachen, es störte im Spiel, und so weiter.

Es war auch Ball, und ich [habe] mich sehr amüsirt.

Sonntag, den 17., war ich mit August in der Allee, dann in der Probe, und alsdann frühstückten wir bei Sangusto mit dem Herrn von Spiegel. Wir wollten im Salon speisen, aber um 11 Uhr waren schon alle Plätze bestellet; und so voll ist es hier, vor Abends haben itzo [viele] schon Plätze bestellet. Nach dem Soupé ist ein Feuerwerk.

Abends um 1 Uhr. Alleweile komme ich vom Ball. Das Feuerwer[k] hat mich 16 Groschen gekostet, es war aber herzlich schlecht. Gespielt wurde *Der Neffe als Onkel* und *Wallensteins Lager*. Beides ging sehr gut. Die Silie hat seit gestern Abend der Maaß ihre Rolle gelernt im ersten Stück. Die Einnahme war 250. Nach der Komödie gingen wir mit August in [den] Salon und speisten da, alsdann zu dem Feuerwerk; und nachher war Ball. Ich habe heute wieder sehr viel und alles getanzet; besonders mit 2 schönen Husarenoffizieren, die mich in Weimar gesehen haben wollen. Auf der Redoute tanzten auch recht charmante. Aber es gefällt mir alles nicht mehr, ich möchte gern bei Dir sein, ich kann es fast vor Sehnsucht nicht aushalten.

Die Jagemann hat heute und gestern auch sehr viel getanzt. Ich habe Dir wohl nicht geschrieben, daß die Matiegzek mich hier besucht hat; aber Du wirst es wohl durch den Herrn Hofrath Schiller erfahren haben. Und heute habe ich erfahren, daß sie durchgegangen ist. Ihr Director suchte sie hier, sie ist aber nach Dresden. Mündlich hiervon sehr viel. Überhaupt, was ich die 5 Wochen Erfahrungen gemacht habe, die sind was werth. Wenn man nicht von Hause wegkommt, so ist man gar nichts werth. Ich kann Dir es niemals verdanken, daß Du dieß alles an mich wendest. Itzo schlaf wohl; es schlägt ½ 2 Uhr. Heute sind wir schon in Merseburg gewesen und haben dem Gustel alles zeigen lassen. Aber ich habe keinen einzigen Wunsch, als bei Dir zu sein. Und Mittewoch, den 27., Mittag sind wir zusammen. Leb wohl und behalte mich lieb.

Lauchstädt, 18.–19. Juli 1803

Es waren den Montag *Die Jäger*. Die Einnahme 82 Thaler. Man will sie aber auch hier nicht mehr sehn; ich selbst konnt es nicht aushalten und mußte zuweilen rausgehen. Es war der junge […] Dichter hier, und wir haben uns gut unterhalten. Überhaupt, den Hallensern lass ich nichts thun; so artig, wie sie sich im Allgemeinen gegen mich betragen, ist sehr hübsch. Wenn ich in Salon komme, und es ist kein Platz mehr da, so stehen gleich 5 bis 6 auf und bieten mir ihre Plätze an, die ich aber nicht annehme.

Dienstag, den 19. Heut wollte ich lieber, daß es der 26. wär, so ging' es doch heute fort! Wenn ich nur erst wieder bei Dir bin, da bin ich doch allein ganz glücklich. Heute bin ich zu Thé dansant geladen und habe mir deßhalb ein neues Kleid machen lassen, weil [ich] gar nichts mehr anzuziehn habe. Ernestine wird sich, wenn ich ihr nichts mitbrächte, nicht über mich

freuen, denn sie bekömmt schön zu thun. Ein schönes, weißes Kleid habe ich mir machen lassen, und das muß ich noch mit Spitzen garniren.
Gestern Abend habe ich [mich] mit dem Doctor Stoll sehr unterhalten; er hat mir recht gefallen in seiner Unterhaltung. Von diesem Gespräche habe ich Dir auch viel mitzutheilen; Du mußt mich nur daran erinnern, sonst vergesse ich eins mit dem andern. Schreibe mir ja, wenn ich kommen soll. Etwa ehr als den 27.? Denn wenn ich es August nicht zu Liebe thäte, so bliebe ich nicht hier.
Und schreibe mir doch, ob ich was vom Sangusto mitbringen soll, Lachs oder sonst etwas. Wenn ich nur bei Dir wäre! Ich kann es gar nicht erwarten und zähle alle Tage. Leb wohl und gedenke mein, wie ich Dein gedenke.

Lauchstädt, 23. Juli 1803
Montag, den 18., Abends waren *Die Jäger*, und die Einnahme war 8. Die Adlichen fangen an, allerhand dummes Zeug zu machen; man erzählt allerlei, was sie gegen die Bürgerlichen haben. Ich selbst weiß nichts, gegen mich sind sie alle artig. Es gibt auch grobe Bürgerliche, und denen geschieht es recht.

Dienstag, den 19., frühe haben wir eine Spazierfahrt nach Schottendorf gemacht, und nach Tische gingen wir zum Thé dansant, wo August auch den Herrn von Nostiz kennen hat lernen; und August ist wegen seines Tanzens recht gelobt worden. Abends gab der Cassir, August zu Ehren, einen Punsch, und wir waren sehr vergnügt.

Mittewoch, der 20., ging stille hin, denn ich habe doch alles sonst satt. Es war *Der Wildfang*; die Einnahme war 64.

Donnerstag, den 21., war ich viel bei Mamsell Probst. August fing Insecten. Abends waren *Die Räuber*. Es waren wenig Studenten hier; sie stehen fast alle in Halle itzo unter der Zahlungs-Commission, darum sind dieses Jahr nicht so viel hier. Es wurde in altdeutscher Tracht gegeben, und das Lied wurde nicht gesungen. Aber als der Vorhang fiel von dem 4. Acte, wo es hätte sollt gesungen werden, so sangen es die Studenten; das war prächtig. Die Einnahme war 124 Thaler. Genast hat sich sehr betrübet.

Freitag, den 22., war ich mit August in Halle, von wo ich Dir allerhand zu erzählen habe. Denn in Gedanken bin ich schon seit 8 Tagen immer bei Dir; ich habe hier keine Ruhe mehr, es gefällt mir auch nichts recht. Ich möchte immer fort, bloß dem Kinde zu Liebe bin ich noch so lange geblieben. Ich komme einen Tag ehr, als ich Dir geschrieben habe. Ich will Montag, den 25., Abends weg und bin Dienstag Mittag, wenn es nicht schlechtes Wetter wird, bei Dir. Laß uns etwas zu essen machen, denn auf dem Weg ist nicht viel zu haben. Den Dienstag ist wieder großer Ball und Concert [...]. Deßhalb will ich Montag weg, sonst komm [ich] vor Donnerstag alsdann nicht weg, und es ist mit tanzen und äugeln just genug. Heut, den Sonnabend, ist *Die Saalnixe*, und es wird unmenschlich voll werden; und heute und morgen wird getanzt. Morgen ist der *Herr von Hopfenkeim* und Montag ist *Die Mohrin* und *Der Bürgergeneral*. Leb wohl. So wie ich mich freue, Dich wiederzusehen, kann ich nicht ausdrücken. Ich bin schon seit mehren Tagen ganz bei Dir. Und Gustel aber, der ließ' sich es noch eine Weile gefallen. Aber es wird in allem genug. Die Ausgabe und alles, Deine Güte ist so groß gegen uns, daß ich gar nicht weiß, wie [ich] mich dankbar genug bezeugen soll. Sei doch so gut und sage es Ernestine auch, daß ich Dienstag Mittag komme. Lebe wohl, mein Liebstes.

KAPITEL 6

Kluge, schöne und spitze Worte

„Es fängt hier an recht brillant zu werden."
(Christiane von Goethe, Lauchstädt, 18. Juli 1810)

Weimar, 7. Juni 1793, in Bezug auf ihre Schwangerschaft
Auch ein paar Kose-Weiber haben mich besucht, vermutlich aus Neugier wegen der Krabskrälligkeit, die itzo ziemlich augenscheinlich wird.

Weimar, 14. Juni 1793
Habe mich nur hübsch lieb und begib Dich nicht mit Gewalt in Gefahr.

Weimar, 20. September/1. Oktober 1796
Auf den Christ-Kram freue ich mich, aber Du mußt beim Aufmachen sein, sonst ist es kein Spaß.

Weimar, 2. Juni 1797
Heute bleibe ich zu Hause, denn im Garten kommt es mir stupend schön vor.

Weimar, 5. Juni 1797
Pfingsten, das liebliche Fest, ist dieses Mal nicht lieblich, denn ich sitze zu Hause, und mir ist alles verdrüßlich.

Weimar, 5. Juni 1797
Und um vergnügt zu werden, muß ich an Schatz schreiben, und es ist mir schon, als ob es besser wär.

Weimar, vor dem 24. August 1797
Die Eberwein hat Verlöbniß gehabt, und ihr Liebhaber kommt als Hofmusicus nach Rudolstadt, wo sie heute zum Vogelschießen hin gereist sind. Das ist mir sehr fatal; die hätte auch zu einer andern Zeit heurathen können als itzo.

Karoline Riemer, geb. Ulrich,
Zeichnung von Carl Joseph Raabe, 1811

Lauchstädt, 11. Juli 1803
Ich komm mir schon viel schmäler vor; ob es wahr ist oder Einbildung, weiß [ich] nicht.

Lauchstädt, 14.–18. Juli 1803
Ich befand mich wegen der Meerweiblichkeit nicht ganz wohl.

Lauchstädt, 18. Juli 1803
Die Adlichen fangen an, allerhand dummes Zeug zu machen; man erzählt allerlei, was sie gegen die Bürgerlichen haben. Ich selbst weiß nichts, gegen mich sind sie alle artig. Es gibt auch grobe Bürgerliche, und denen geschieht es recht.

Weimar, 30. November 1803
Es geht mir auch ganz leidlich hier. Nach der Redoute befand ich mich wieder recht leicht und wohl und bin es auch noch; bin aber auch ein sehr starkes Meerweibchen.

Weimar, 30. November 1803
Empfehlen läßt sich die kleine Brand, die große Silie und Dein ganz kleines Schätzchen.

Weimar, 14. Juni 1810
Sie wird überhaupt als Weibchen alle Tage liebenswürdiger.

Lauchstädt, 18. Juli 1810
Es fängt hier an recht brillant zu werden.

Lauchstädt, 24. Juli 1810
Seit zehn bis zwölf Tagen haben wir täglich einige Stunden getanzt und dieses, glaube ich, vollendet meine Cur besser, nebst dem Wasser, als alle Medicin; denn die Ärzte behaupten so, ich wäre vor lauter Gesundheit krank.

Jena, 10. März 1815
Das schöne Wetter hat uns den Rücken gewandt, und wir haben hier den völligen April.

Karlsbad, 19. Juli 1815
Wegen des schlechten Wetters haben wir wenig Veränderung gehabt, wir haben die Momente stehlen müssen.

Weimar, 14. September 1815
Und so schleicht mir ein Tag nach dem andern hin.

Weimar, 15. Mai 1816
Bei uns ist alles in Tumult, der Zauberlehrling ist in allen Zimmern eingekehrt.

ANHANG

Literaturverzeichnis

Die Briefe Christiane und Johann Wolfgang von Goethes

Goethes Briefwechsel mit seiner Frau. Herausgegeben von Hans Gerhard Gräf. Erster und Zweiter Band. Frankfurt am Main 1916.

Quellen: Aussagen von Zeitgenossen

Bäumer – Gertrud Bäumer: Goethes Freundinnen. Briefe zu ihrer Charakteristik. Ausgewählt und eingeleitet von Gertrud Bäumer. Wiesbaden, 1919.

Fahlmer – Johann Wolfgang von Goethe: Briefe von Goethe an Johanna Fahlmer. Leipzig, 1875.

Gespr. I – Wolfgang Herwig (Hg.): Goethes Gespräche. Eine Sammlung zeitgenössischer Berichte aus seinem Umgang auf Grund der Ausgabe und des Nachlasses von Flodogard Freiherrn von Biedermann. Ergänzt und herausgegeben von Wolfgang Herwig. Erster Band 1749–1805. Zürich und Stuttgart, 1965.

Gespr. II – Wolfgang Herwig (Hg.): Goethes Gespräche. Eine Sammlung zeitgenössischer Berichte aus seinem Umgang auf Grund der Ausgabe und des Nachlasses von Flodogard Freiherrn von Biedermann. Ergänzt und herausgegeben von Wolfgang Herwig. Zweiter Band 1805–1817. Zürich und Stuttgart, 1969.

Gespr. III – Wolfgang Herwig (Hg.): Goethes Gespräche. Eine Sammlung zeitgenössischer Berichte aus seinem Umgang auf Grund der Ausgabe und des Nachlasses von Flodogard Freiherrn von Biedermann. Ergänzt und herausgegeben von Wolfgang Herwig. Dritter Band, Erster Teil 1817–1825. Zürich und Stuttgart, 1971.

Jagemann – Karoline Jagemann: Die Erinnerungen der Karoline Jagemann. Dresden, 1926.

Geiger – Ludwig Geiger (Hg.): Charlotte Schiller und ihre Freunde. Auswahl aus ihrer Korrespondenz. Bremen, 2012.

Begeg. V – Renate Grumach (Hg.): Goethe. Begegnung und Gespräche. Band V, 1800–1805. Berlin, 1985.

Begeg. VI – Renate Grumach (Hg.): Goethe. Begegnung und Gespräche. Band VI, 1806–1808. Berlin, 1999.

Riemer – Friedrich Wilhelm Riemer: Mitteilungen über Goethe. Aufgrund der Ausgabe von 1841 und des handschriftlichen Nachlasses herausgegeben von Arthur Vollmer. Leipzig, 1921.

Schiller – Friedrich von Schiller: Briefwechsel mit Körner. Von 1784 bis zum Tode Schillers. Herausgegeben von Karl Goedeke. Erster Band 1784–1792. Leipzig, 1874.

Zobeltitz – Fedor von Zobeltitz (Hg): Briefe deutscher Frauen. Berlin und Wien, 1909.

Forschungsliteratur

Damm – Sigrid Damm: Christiane und Goethe. Eine Recherche. Frankfurt am Main und Leipzig, 1998.

Gräf V – Hans Gerhard Gräf: Vorwort, in: Goethes Briefwechsel mit seiner Frau. Herausgegeben von Hans Gerhard Gräf. Erster Band. Frankfurt am Main, 1916. S. IX–XII.

Gräf E – Hans Gerhard Gräf: Einführung, in: Goethes Briefwechsel mit seiner Frau. Herausgegeben von Hans Gerhard Gräf. Erster Band. Frankfurt am Main, 1916. S. XIII–LIV.

Kleßmann – Eckart Kleßmann: Christiane. Goethes Geliebte und Gefährtin. Zürich, 1992.

Stehfest – Anja Stehfest: „… behalte mich lieb und schribe mir maich mahl ein freuliches vort.“ Die Briefe der Christiane Vulpius, in: Weimar-Jena, die große Stadt, 2013/4, S. 268–291.

Personenregister

Bildnachweis

akg-images – Archiv für Kunst und Geschichte: S. Cover, 1, 16, 30, 42, 56, 70, 86, 96

Klassik Stiftung Weimar: S. 10, 15, 66, 108, 130

mauritius images: S. 34

Annette Seemann

GABRIELE REUTER

Leben und Werk einer geborenen Schriftstellerin (1859 – 1941)

192 Seiten, mit vielen Abbildungen,
Hardcover mit Schutzumschlag,
Format: 15,5 x 23,2 cm
978-3-7374-0248-4

Gabriele Reuter, 1859 als Kaufmannstochter in Alexandrien (Ägypten) geboren, war um 1900 eine der meistgelesenen Schriftstellerinnen Deutschlands. Am wirkungsmächtigsten war ihr Hauptwerk „Aus guter Familie – Leidensgeschichte eines Mädchens" in dem eine junge Frau an den ihr zugedachten und seriellfestgeschriebenen Rollen als Jungfrau, Gattin und Mutter zugrunde geht. Gabriele Reuter verwob in diesem naturalistischen Roman eigenes Erleben mit Fiktion – er wurde ein Identifikationsbuch für Frauen ihrer Generation.

Neben diesem bedeutsamen Werk erreichten drei weitere ihrer Bücher bis 1932 mindestens 25 Auflagen. Gabriele Reuter war alleinerziehende Mutter, pflegte ihre Mutter bis zum Tod und setzte sich öffentlich für zahlreiche Frauenrechte ein: Bildungschancen für Mädchen, das Frauenstimmrecht und weibliches Selbstbewusstsein sowie die Problematik der Frau als Künstlerin sind ebenso ihre Themen wie die Vereinbarkeit von Liebe, Ehe und Selbstverwirklichung. Das Buch ermöglicht eine lange fällige Wiederentdeckung einer hochsensiblen und beobachtungsstarken Weimarer Schriftstellerin, die u. a. von Thomas Mann besonders hoch geschätzt wurde.

WEIMARER PERSÖNLICHKEITEN

Von Anna Amalia bis Carl Friedrich Zeiss

372 Seiten, farbige Abbildungen,
Hardcover mit Schutzumschlag,
Format: 15,5 x 23 cm
978-3-7374-0214-9

Die wichtigsten und herausragendsten Persönlichkeiten Weimars. Die Annalen der Stadt verzeichnen viele Namen berühmter aber auch berüchtigter Personen, die hier ihre Spuren hinterließen. Das vorliegende Buch versucht, ohne Anspruch auf Vollständigkeit, auf engstem Raum möglichst viele Informationen und Hinweise zu der Vielzahl an bedeutenden Menschen zu vermitteln, die in dieser Stadt lebten und wirkten.

Die Großen kennt man: Goethe und Schiller, Wieland und Herder, Liszt und Wagner, Gropius und van de Velde. Neben den Einheimischen sind jedoch auch Besucher aufgeführt, die länger in Weimar waren oder lebten, so wie Franz Kafka, Rainer Maria Rilke und Marlene Dietrich. Ein handliches Nachschlagewerk sowohl für den interessierten Besucher als auch für alle Bewohner der Stadt.

FSC www.fsc.org
MIX
Papier aus verantwortungsvollen Quellen
FSC® C083411

IMPRESSUM

Bibliografische Information der Deutschen Nationalbibliothek
Die Deutsche Nationalbibliothek verzeichnet diese Publikation in der Deutschen Nationalbibliografie; detaillierte bibliografische Daten sind im Internet über http://dnb.d-nb.de abrufbar.

Lektorat:	Stefan Gücklhorn, Timo Suchomelli, Wiesbaden
Covergestaltung:	Karina Bertagnolli, Wiesbaden
Bildnachweis:	Christiane Vulpius im Stil der Juno, akg-images GmbH, Berlin
Gesamtherstellung:	CPI books GmbH, Leck – Germany

ISBN: 978-3-7374-0243-9

www.verlagshaus-roemerweg.de